半閒歲月
半閒情

薛素瓊【著】

【推薦序】

一半兒躊躇一半兒肯

——說說在時間的流逝之外

且來說說，乾脆別理有否〈時間在流逝〉，或者，還是要〈到燈塔去〉？

問

人間何物？
男男女女何物？
生住異滅，何物？
生命，何物？

總想在這經世致用的人世間，之外，再加些料。比如，意識流、草月流、狂歌亂舞、吳爾芙；玫瑰、奧修、普努斯特、光行者、奎師那，以及靜心，這樣那樣，等等。

眉宇間「理性」的光芒甚多，這女子，那些年，在多飲了幾杯生命的苦艾酒之後，更柔軟更感性，或說，是更有滋有味、活色生香了。

文，如其人，亦然，亦是本然。

她，在這兒，追憶，似水年華。

有謂「偉大的文學，能為我們做的唯一的事，除了給我們樂趣之外，是幫助我們，更容易地，接受死亡。」

慢——慢——，

我們終究慢慢得學會，接受「死亡是存在」的，而且，也慶幸，死亡更是「另一種形式的存在」。

與此同時，我們也慢慢體會到，某些什麼，會存活下來，比如，文學。「文學事實相等於人學，它是離不開人的。」它，正是廖輝英所謂，在左衝右突中，尋找著，人生這樣那樣的樣貌和一個出口，而已。

提筆為文之際，淺酌低唱；敢問，文學與生命，還可以，有怎樣的連結？

在文字裡，起落跌宕；除了時間在流逝，此外，還可以有些什麼呢？

如何，可以更像自己，的活著，並且，更如實的存在咧？

書寫之於生命，除了，細細地，如數家「珍」，之外，對於自己，又可以有怎樣更動人心魄的照見和體解？還能夠，有怎樣的舒展和揚昇呢？

這，點點滴滴，是瘋婆娘我一直以來的大哉問，也盼著，可以是和這位佳人，繼續相惜相伴，戲夢此生的嬉遊記主題。

祝福彼此，也祝福，聞著書香的諸君，在閱聽書寫的這個時流中，慢慢，能安心恣意地，任自己的心思，和靈魂，漫遊；而且，在和手上這《半閒歲月半閒情》忽遠忽近的繾綣裡，也能繼續鋪陳書寫和療癒著自己的生命故事；在追憶著似水的年華悠悠時，也能開始找到自己的道路、真理和生命。

99年9月9日9時9分9秒　小公主歡喜臨在人間

鋍妹轉診安胎順產後　於月子期間　書

是啊！生命是奇蹟，生產是奇蹟，往生也是個奇蹟；相遇是奇蹟，相愛是個奇蹟，書寫是奇蹟，寫書也是個奇蹟；我們藉由書寫和閱讀，也創造和驚豔著，奇蹟。

是啊！生命，無處不是，生命轉化的恩典和奇蹟！

然。

Aura Isis則鋍　於100年1月　父後九七　補記

【自序】

半閒歲月半閒情

從來沒有想過要寫一本書。自小即胸無大志，走的是一般人走的尋常路，只知道生命就是如此這般，順著走就對了。讀大學時，初冒的一絲絲對文學好奇的根芽，也在考量畢業後就業的出路，而與文學擦肩而過。悠悠人生近半百，才與寫作邂逅生情，由一個沒有紮實國學基礎的蹣跚幼兒，跌跌撞撞的闖入寫作的殿堂，恣意玩起文字堆砌遊戲，沈浸在浩瀚文學的大海裡，初嚐寫作的甜果，不能不歸功於背後無數貴人的相助。

生於金門小島，長年久居金門小島，從出生到就學，甚至就業，結婚生子，一路順遂得好像不是自己的事。在家中排行么女，備受父母、兄姐的呵護疼愛。在學校成績雖不是屬頂尖拔萃，但卻是個品行優良的乖學生，從來不蹺課、不遲到、不早退，遵守學校的規範，不給老師找丁點的麻煩。結婚後，直到三個孩子皆上了國中，才重拾課本再當學生，樂當學生的悠遊，讓我一鼓作氣讀完研究所四十學分班，又繼續報考了兩個研究所，也順利的拿到兩個碩士學位。

喜歡書，逢到喜歡的作者，搜羅網購他所有的著作，痴迷成性。喜歡看書，於教書工作之餘，倚仗電腦打字速度快，塗塗改改寫文章。近十年的歲月，竟也完成了百來篇的作品，這些全是半閒餘暇，用生澀拙樸的文筆，捕捉半生歲月一路的風景；啟半掩的心扉，敘寫欲語還休的閒情，因名「半閒歲月半閒情」。

本書收錄最近幾年來投稿獲刊作品。共分四卷：首卷偏重社會觀察的寫實，描摹生活的百態；次卷繪人聲描人影，側重於捕捉人物的風采；三卷則多就所思所想，針對生命感觸著墨；最後一卷為出走的旅行大腳，留下遨遊各地的足跡。雖說分類大致如此，卻也無需劃分得那般涇渭分明，畢竟人生之事，是很難用一個標準來說清楚、道明白的。

目次

輯二　繪聲繪影

輯三　心靈捕影

輯四　悠遊浩瀚

輯一

海海人生

遇見咖啡

社區後面，離家不到五十公尺遠的一家咖啡館開張了。

越來越感擁塞的巷道，停車位成了寸土寸金，車子只好越停越遠。清早出門上班，路過咖啡館，淺灰色的鐵門總是重重深掩著，只見門前裝修的木造庭臺上，十幾盆油綠的盆栽，像徹夜守候的值勤保全，筆直的站在那兒。盆上彩繪的圖案，比盆裡的植栽還要醒眼，上面還繫著紅色蝴蝶結，插著賀卡、寫著祝辭呢！理當是開幕時，錦上添花的賀客送的。當然啦！大清早的，又不是雞鳴起早做生意的早餐店，咖啡館應是屬於夜深人靜，在寧靜氛圍中獨存的個體店，此時合該是它沈睡的時刻。

下班回家，停妥車子，我習慣一邊若無其事的往家門走，一邊用雙眼覷著咖啡館，瞥一眼落地玻璃內有幾個人在啜飲咖啡，享受那悠閒愜意的時光。多次偷窺的結果，發現坐在裡頭的大多是年輕男女，桌上瘦長型的玻璃杯，裡頭裝著巧克力顏色的，我想應該就是咖啡吧！也有花茶之類的，泡的則是玻璃茶壺。

未開幕之前，在報紙上看過幾天即將開張的廣告，一看地址，那不就在咱們家後不遠的那棟豪宅嗎？在社區統一標準的住宅格局中，它應是屬於異類，獨有一種讓人為之亮眼的氣派。我親眼看見豪宅從平地一寸一寸的矗起，新屋完成之時，我調侃貼心的兒子說，老媽這輩子一無所求，就等著你將來蓋棟別墅讓我養老，要像如此這般的豪宅才算數。個性斯文的兒子，拗起來的個性與我同出一轍，但談起科學、數理，滿腹的邏輯、根據、推理，我只能扮點頭的聽眾，雖然有時也不甚苟同他的理論說法，但經驗告訴我，在科學的天地，我永遠是他的學生。那次我逮到機會調侃他時，他卻一臉靦腆，笑笑不置可否。

豪宅剛落成，看見住家搬進去了，牆外的圍籬內還植了成行的灌木樹栽，圍籬內一行一行的菜蔬，每到黃昏，屋主從屋角牽了一條水管，就這樣水花四濺的澆起菜來，大有怡然自得的田園之樂，羨煞我這個常覓不著盆可植的花痴。新屋新園一陣熱後，睜眼看著圍籬內的菜蔬少了，樹栽間雜草蔓生了，豪宅內是否仍有住家，成了每次我路過的好奇。日子就這樣在停車、開車恍惚間流逝了，前一陣子，看見幾個工人在門前敲敲打打，進進出出忙著裝潢整修，我的內心暗忖，如此豪宅還需要整修嗎？

咖啡廳終於開幕了，一到假日門庭若市，連戶外的露天雅座也坐滿了人，尤其是午後三、四點和晚餐後八、九點時段，更是座無虛席，前來品茗之客，我想大多是慕名前來嚐鮮的吧。一杯百元左右的咖啡，比之街上那家雖有名氣，但擠在小小店面，賣的五十元上下咖啡店，它賣的應是喝咖啡應有的氛圍吧！紅白為主色的室內裝潢，包括屋外那小巧圓形的招牌，櫃臺前的高腳椅，都是主打紅色系，在白色清爽中，流襯著暖色的熱情氛圍，我想置身其中，享受的不只有那濃醇的咖啡香，還有那心靈上的舒適與恬靜吧！

一個週五晚上，天微雨，兒子邀我外出買飲料，向來一入晚，就拒絕與刺激性飲料為伍的我，這回靈光乍現，竟然突

生異想，提議他何不到後面喝杯咖啡呢？我們兩人各捧了一本書，趿拉著拖鞋就往咖啡廳走去。點了咖啡後，對點單上即將推出的簡餐訊息，我特別瀏覽了一遍，想來咖啡並非我的最愛，即使是加了糖，其苦澀仍是未若其他飲料的討我喜愛，若非有特別的心情，我常是拒絕與它結緣的。

我們兩人在咖啡廳裡坐了片刻，有一句沒一句的輕聲閒搭著，隔桌坐了五個有點年紀的女人，聊天的架勢，恍若身處市場一般。最後在兒子的「不適合喝咖啡」結論之下，他留下了半杯的冰咖啡，我們的書一頁也沒翻完，就輕身推門而出，那時才發現屋外的天地，竟是那麼的沈靜與安祥。

年輕時不懂咖啡，也因為鮮少接觸，所以常質疑其「濃郁醇香」四字的可靠性，彷如一個不識酒中趣的人，永遠尋不著「好酒」兩字的真實性一樣。如今年歲增了，看待世界的眼光柔了，口氣輕了，態度軟了，方知苦與甜的界線，全然是繫於一個人的心境而已。是甜亦是苦，是苦亦是甜，誠如「福，禍之所藏；禍，福之所倚」的道理一樣。咖啡是香醇抑是苦澀？那已是無需執意再去尋找的答案，重要的是人生還有多少的機緣與心境，可以再「遇見」咖啡？

沈澱淨心

這家餐館的格局不算大，曾有幾次打從門外經過，置於地上的壓克力招牌，寫的全是一些炒飯、刀削麵、水餃之類的菜單，與一般的餐館沒有兩樣，但斗大的「素食」兩字，讓人一眼就可辨識出，這是一家素食餐館。

雖然早就知道這不算熱鬧的地段，有這麼一家素食餐館，但我總是像蜻蜓點水般從門前經過，從未有過進去一嚐究竟的念頭。曾有一兩次看到門前大排長龍的人潮，一探之下，才知是什麼佛誕的日子，在發送免費素食便當。生活在這個民風尚屬淳樸節儉的小島，辦起各項活動，如果少了摸好獎、拿好康的誘因，參加的人潮必定也會不如預期。像這種平白無故就可賺到一頓白吃的午餐，即使是少了油葷的素便當，也是讓人趨之若鶩，甘願在門口排隊久候。比起一海之隔的臺灣，看畫展、聽演講，參加各項活動，都得自掏腰包買門票，繳報名費，困居在這個蕞爾小島的人們，就是少了那麼一丁點的見世氣度，有種小家子鄉下佬的感覺。

過去，吃素好像大多是老人家的事，我想除了肇因於身體健康外，跟禮佛不殺生，應該也有很大的關係。近年來，吃素的人越來越多，除了前兩者的因素外，應該還有驚覺到地球暖化造成的危機意識。去年帶畢業的班上，有兩個小朋友打從娘胎就吃素，每到午餐時間，其他的小朋友在教室裡拿盤端碗的忙排隊，他們則在校門口挨等家長送便當來，多少次，瞥見他們冷寂的身影在校門口徘徊，內心裡總是升起一股莫名的失落，從他們瘦削蒼白的臉上，我彷佛看到滾滾紅塵中，他們是被世界遺忘，脫俗孤立的一群。

好友W一年前開始茹素，雖然之前她也曾茹素過整整十年之久，但人生起起落落的糾葛，這回她又重回茹素之列，正如她的人生波折起落一般。為了配合她不多的用餐選擇，她帶著兩個孩子和我，一起走進了這家餐館，五張四人座的餐桌，已坐滿了四張。隔桌有個超重量級的長髮胖女孩，正大口大口的吃著她的湯麵，從其身材與吃相，不難讓人推翻素食都是索然無味的菜色、瘦骨嶙峋身材的刻板印象。對面一桌則是全家福，爸媽帶著孩子來，不管是全家習慣茹素，或是偶爾清淡一餐，都省卻很多烹調的麻煩。每個人都心滿意足的享用著，與一般餐廳不同的感覺，空氣中流動著一股輕、緩、靜的悸動。

長髮女孩和全家福都走了，又來了一個穿著時髦的媽媽，帶著兩個孩子，一頭俏麗的短髮，眼神透露著精明幹練。男孩稍大，一臉怯生生的，有著七、八歲年紀不應有的安靜，女孩應該是還沒上學，一臉的純真。他們挑了靠門的座位坐下，媽媽匆匆點了菜後，又匆匆的搶出門，沒一會的工夫，她拿來了一疊書，攤在桌上後，我才看清是孩子的測驗卷，應該是小一年級用的。坐定後，媽媽開始督促那小男孩做起測驗卷，女孩則倚偎在媽媽身旁，聽媽媽斷斷續續的為她讀起故事書來。我彷彿看到了每一個晚上，幽靜黯淡的燈光下，一幅親子共讀的畫面，心中不覺湧上一股莫名的感激，一個做老師對家長的感恩之情。

我們已吃至結尾了，W開始支使她那還未上幼稚園的孩子，去跟老板娘要袋子裝剩食，準備打包回家；湊足錢款吩咐他去買單；叮嚀他如何開口措詞才不會失禮。孩子一臉自信從容，笑意盈盈的來回跑著，每完成一個任務，W就給予誇獎的眼神和稱讚。看到這兩幅截然不同的畫面，我不覺啞然失笑起來。

個性有些迷糊，但心思細密的W，臉上一抹淡淡的微笑。在頷首與搖頭中，我的思緒回到了小時候，老媽差使我上雜貨店買糖帶油，吩咐我拿鍋提籃歸還鄰舍的情景。一顆忐忑不安的心，總是讓我在心底一遍又一遍的預念著待會開口的措詞；如果碰著了嬸婆她家的惡犬，又要如何躲避，才能免於被狠噬一口的後果，這些都是學校課堂上老師沒教的，但它卻是與我們的生活息息相關。

瞬息萬變的世界，每個人都需具備更多的能力，才能應付未來的生活。人們在體認地球暖化危機，棄葷從素的飲食選擇下，是不是也要為虛華的心靈沈澱淨心？教育的本質若只是在塑造一個一個守規、聽話的罐頭孩子，那如何叫他們去應對未來千變萬化的世界呢？

放心

拿起相機，湛藍的天和絮般的白雲，常成我取景的首選。不為什麼，就是喜歡那清純的藍與白，配上那無邊無際的無垠視野，給人一種放心的感覺。

午後，從書店出來，在街道上踅了一圈，川流不息的路人，大多是尋找解決午餐的上班族。覓了一家速食簡餐咖啡店，狹窄的空間，置滿了小圓桌和小方桌，側身其間，有著擁擠的壓迫感，食客頗多。除了流瀉一地的輕柔音樂外，與外頭那酷熱難耐的高溫相比，這兒多了一份適意的清涼。

桌前小方桌，坐了一對身材掩藏不住年齡秘密的婦人，兩人低頭交耳絮絮的聊著，從其癟嘴擠眉的竊竊私語樣，聊的應是一些兒女、老公、婆媳的家務事。桌右則坐了兩個打了領帶的男士，同樣的邊吃午餐，邊抬槓著，從「被叫去罰站」、「那老師很酷很兇」、……，不難想像，他們正漫走在學生時光的隧道裡。忘形的肢語，高亢的聲調，聽來頗讓人振奮與欣羨。

幾天前，幾個同學也相約在火車站二樓的微風廣場聚會，有的自高中畢業後，近三十年未見，身材與臉龐雖然都烙上一層歲月的風霜，但同窗共硯的那份親切感卻絲毫未減，敞開胸懷聊著聊著，六個人竟得意忘形，聲大如鐘的成了側目的焦點。因為那份「放心」，讓我們忘了社會禮教的制約；因為那份「放心」，每人流露出最真摯的一面。

旅遊應是一件愉悅的事，但易地而處的陌生不安，是一根緊繃的箭弦，隨時皆可一觸即發。若再加上導遊一路上的耳提面命，鉛重般沈甸甸的一顆心，

常讓旅遊成了走馬看花的憾事。第二趟到日本，行前匆匆，心中只有一個想法：「走出去！哪兒都行！」五天的行程下來，才相信冥冥之中，上天自有最好的安排，也可能是緣於心處無所求之下，上天回報你的將都是美好的。

走在九州的街道上，觸目可見熟悉的中國方塊字，那份身處異域的放心，是在英系國家難以尋覓到的。公廁乾淨得無可挑剔，無需付費外，總有源源不絕的衛生紙供應，廁間前的沙發坐椅，讓人恍若進入宅家客廳；乾溼兩分的廁間，讓多年來視公廁馬桶坐墊為敵的我，卸下了那久錮的心防，用一句「受不了」，也無法道盡那份讓人放心的滿足。旅館內的早餐，不再是座位的搶奪戰，每個人皆有獨享的座椅空間，過多的食客，寧可讓他們在外面排隊等候，也不要讓用餐的人像趕鴨般，囫圇吞棗的開始了惡夢般的一天。

日本向來就以「多禮」著稱，九十度的鞠躬禮已成了日本人待客的標誌。上至旅館裡的服務生，下至馬路旁打掃的清潔工人，一臉笑盈盈，再佐以虔誠的鞠躬哈腰，讓人不萌生回敬之意也難。購物店內，雖無「童叟無欺」的斗大招牌，但每樣物品，小至掌玩的吊飾，都標上清楚的價碼，讓顧客在自在自主之下，放心的選購屬意之物，主顧兩歡之下達成仁義的買賣。這是深深觸動我心弦的一趟美麗旅行，看到的好山好水，雖未若歐洲美景的令人驚嘆流連，但那份「放心」，卻在我的心田裡埋下了甜美的根芽。

沈浸一回放心的旅遊，是心靈一次的甜蜜滋養。桌前的兩個婦人要離去了，她們正在拾掇餐盤，這時從外頭走進來了一對貌似母女的女人，環視滿座的空間，媽媽眼尖看到了空出來的方桌。一個小小的錢包，在猶豫三兩下後，終於決定置放桌上，以示佔位，然後轉身就去倒水。兩個婦人還在收拾隨身的提包，一個看到桌上突增的錢包，恍惚間以為自己所遺忘，正準備揣進自己的提包時，忽然定睛看清，旋之搖頭，一臉歉意的趕緊放下。

一旁看戲的我，終於在這壓迫的擁擠空間，找到了那份自在的「放心」，一陣甜蜜自心底滋滋油生，不覺忘情的附以會心一笑。對這個每天路上搶奪皮包、持刀入超商時有所聞的城市而言，在這樣的小小角落裡，仍有著這麼讓人放心的故事在上演著。期待這放心的小插曲，會如室內芳香劑般在空氣中氤氳播散，人心也在互相濡染之下，越見慈念善意的滋長，終至成為一個讓人完全放心的地方。

人生汲汲營營，追求的是什麼？是物質生活的豐盈富足？或情感生活的兩情繾綣？抑是權勢地位的呼風喚雨？……，我想不論是物慾的滿足或精神的寄託，追求的應該都是一個「放心」吧！

貼塊藥布

放學後，常賴在學校，享受不被工作、家庭牽絆的獨處時光。前陣子跟著年輕同事、替代役打羽毛球，打著打著，竟然也打出了一連串的後遺症。年幼時，個兒雖小，但體內潛伏的那股好勝，在遊戲場上，只要是被我鎖定的目標，就沒有不被我生擒活捉到來的。那股不服輸的衝勁，讓我在求學的生涯中，竟也莫名其妙的參加了幾次難忘的運動比賽。

印象最深刻的莫過於唸國三時，運動會那天巧逢天雨，大雨滂沱之後，一百公尺的競賽，在近終點處竟撲跌在泥地上，導師何素華拿著毛巾，頻頻幫我擦拭著溼髒的泥衣，那呵護愛憐的眼神，竟成了那次運動會最深的感動。高中時，參加班際籃球比賽，少女的矜持，讓我一直杵站在搶球成一團的場邊，好不容易接到一球，轉身正欲投籃之際，一個大火鍋，不偏不倚就這樣燜蓋下來，球再被搶走，自己也楞在一旁，漲紅的一張臉，倒成了那場比賽抹不去的印記。

唸大學時，從戰地鄉下來的「土雞」，體能再怎樣遜色，也勝過城市裡養尊處優的「肉雞」，打起羽毛球，殺球赫赫有聲，咄咄逼人，扣除男生不算外，班上三十幾個嬌滴滴的女生，只有一個考錯系的體育系女生可較勁。一次班際巧固球比賽，雙方在拉鋸戰中，打得分外辛苦，倒數計秒之時，我的神來一球，竟為班上贏得了勝利的甜果。想來，運動絕非是我的嗜好與強項，一路走來，扮的也只是泛泛平庸之輩而已。

如今，馬齒徒長，身在秋林之境，才深深體會過去一切的追逐皆是空一場，唯有健康才是人生最可貴的。一天中，忙著忙著，總是不忘提醒自己要多運動，飲食均衡適量，維持體重，最重要的是永保一顆年輕、快樂的心。

跟著年輕人打了一陣子的羽毛球，右手臂開始酸痛起來了，買了幾塊藥布貼貼，仍是未獲改善，最後按捺不住，只好挪了個休假空檔，上醫院給醫生看去，他捏捏我的手肘關節，在我一連聲呼痛之後，斬釘截鐵的下了「網球肘」的醫判，開了一些止痛消炎藥和藥布，就把我打發走了。止痛消炎藥被我擱在櫃子內，一粒也未見短少，藥布倒是在臨睡前，想到就撕一塊貼貼，隔天一早上班前再撕下。如此折騰了近兩個月，症狀仍未見好轉，想來這手傷還真的傷得又深又久。

今早，藥布沒撕就上班去，打從前腳踏出家門開始，直到中午撕掉藥布，數數共有六個人用關愛的眼神垂問我怎麼啦？還不包括班上那群乳臭未乾的小蘿蔔頭，個個歪著頭，小臉上寫滿了疑惑與心疼，口雖未開，卻直覺的表示了他們對老師的關心。每遇到一個人問，我就呵呵的笑個不停，並打趣的回答說：早知如此，這藥布早就該貼出門了，而且貼著到處走。

人真的是一種很奇妙的動物，雖然扛著「群居」的招牌，號稱是一種靈性的高等動物，終日嚷著要相親相愛，但人與人之間，即使親密如夫妻，血緣濃如父母子女，還是猶如一山隔著一山，層層肚皮裡各懷所思，

各有所想。有人雖榮華富貴，差奴使婢、呼風喚雨一生，週遭不乏簇擁逢迎之人，看似繁華熱鬧一生，但戲終有散，幕終會落，迢迢人生路上，最終仍是孤影一人，這是人之宿命吧！

泰戈爾：「世界上最遠的距離，不是生與死的距離，而是我站在你面前，你不知道我愛你，……。」思來頗為可悲，人心之隔閡，竟遠勝過陰陽兩隔之無奈。君不見路上所見之人，即使分外眼熟，但礙於情面問題，大多數人皆會以陌路之人相視，佯裝不認識，其實兩人距離之冰消，欠缺的只是誰先放下姿態，主動伸出友善的手，打聲招呼罷了。

一日傍晚，出外購物，迎面而來一張熟識面孔，心想我認得他，他未必認得我，正準備再次擦身而過，出乎意料之外，他竟開口叫「×老師」，原來啊……！不只有我認得他，他也認得我，只是我們曾那樣多次繃著一張臉，裝作不認識而已！

其實人心雖隔肚皮，但所想大皆相同，我以善意待人，人必也以善意回應。台北捷運上，常見三兩熟識竊竊私語外，座無虛席的車廂，不是閉目養神補眠的，就是寒著一張臉的，彷彿剛從冰窟裡逃竄出來的，空氣似乎也在車廂內凝結了。一次，我百無聊賴的張望著窗外的廣告，甫坐在我身旁的一位婦人，竟開口：「我可以認識妳嗎？」就這樣我們在短暫的車程，兩人聊得花枝亂顫，笑聲盈耳，其實人心並無想像中的難測啊！

身體的病痛，貼塊藥布，旁人或許尚可揣知一二，但心裡的傷痛，如何彰明呢？又有幾人知曉明白？記得下回心傷時，大聲的說出來，或著試試在心口處也貼塊藥布吧！

天涯我獨行

假日偷得浮生半日閒，喜歡與學校同事，一起騎單車四處遊晃，享受那清風徐來，迎風玉立的感覺，常幻想自己是一隻展翅的大鵬，順著下坡的衝道，凌空翱翔而上。

這次，一向就較活潑開朗的二小姐，在老媽我一再的慫恿之下，終於點頭要跟我遨遊小金門。八個人相約在車站會合後，一路馳騁，然後搭船至小金門。這是這輩子以來，第一次牽車過小金門。

回想廿幾年前在小金門任教的歲月，船小又班次少，一個禮拜才得以渡船回家一次的日子，跟一整年在臺灣就學，沒有民航飛機的便利，一年才得以搭「開口笑」返金，真有異曲同工之妙，讓人不由得要感嘆歲月的匆逝，讚嘆交通科技進展的迅速。

多次旅遊搭過可以載運遊覽車的客輪，輪艦之大，底艙就如一個停車場，大大小小的車輛，皆可進艙，人與車皆可順其意願，渡過深溝大海，到達想去的地方。不過有那麼先進的客輪，也需有深港大灣配合才行，否則怎能容納那深吃水的大輪？也無怪乎金烈大橋擾擾嚷嚷了幾年，雖然仍是一個「只聞樓梯響」，但每個人望眼欲穿，盼的還是大橋能浮出水面來。

小金門的路況未若大金門的平坦順遂，戰備道上，看似坡度不陡的雙線道，踩起踏板卻頗為吃力，一向在家中養尊處優，常被我調侃為電視「看守員」的二小姐，這回還真的吃足了苦頭，八個人之中，就屬她的年紀最嫩，但體力卻也最差，速度殿後更不消說了，這個做老媽的只好責無旁貸的尾隨其後，深怕她一個閃失，壞了後面的遊興。

騎車的樂趣，除了享受看不盡的風情景致外，沿途一票人說說笑笑，從學校的聳人聽聞大事，到家中的芝蔴綠豆小事，就像擴音器般的隨耳播送。看到奇異處，一夥人停下來各抒己見，不解其中之秘的，則一旁聆聽高論，頗能發揮增廣見聞之效。除此外，沿途拜訪舊識，喝茶、吃點心，一人訪友，多人受惠，真是一舉數得，比蹲坐家中閉門造車，做一個不出門的秀才來得強多了。當然啦！騎車還能達到運動強身的效果，當晚定是一夜好眠，直到天亮。

新新一代，是被鎖在眼皮下成長的一代，除了衣食無虞外，在行的接送上，更是受到無微不至的禮遇。猶記得初任教職，輪到導護時，還得護送排著整齊路隊的小朋友回家，直到村莊入口，才得以迴轉回校。如今離校短短不到兩公里的路程，就有專車接送，孩子上下學不需勞動雙腿，就有公車可搭。缺少磨練的雙腳，日子一久，體力自然就每況愈下，成了被豢養的「肉雞」。社會的福利太好，讓很多孩子生活在優渥的環境中，享受諸多便利，因而也喪失了很多磨練體力的好機會，家長捨不得孩子受苦也是原因之一。

記得一次清早，站在校門口導護，但見來來往往的大大小小車子，大多是家長載孩子來上學的，鮮見自己走路上學的，即使是住在臨近的村莊也是如此。看著看著，突然來了一輛車軀龐大的遊覽車，正在納悶：「大清早哪有觀光客出遊？尤其是參觀學校？」那輛遊覽車在校門口費了好大的勁迴好車後，前門竟悠悠的打開，五秒鐘後，一個身背背包，眼戴眼鏡，讀幼稚班的小女孩，從車門緩緩的走下來，我當場杏眼圓睜，說不出半句話來，有道是「殺雞焉用牛刀」？載送一個小孩子上學，竟需如此大費周章，出動如此大車，想來車子用的燃油，定是公家油費，否則豈有如此闊綽的家長？當今孩子受到保護之程度，真是讓人折服得無言以對。

每一提到小時走路上學的苦日子，最後總是語重心長的告誡孩子要惜福，向來不認輸的兒子，回堵我的一千零一句話就是：「誰叫你們那時候那麼遜？」除了讓我搖頭啞口以外，也讓我頗有生不逢時之慨。

感慨歸感慨，半輩子走來，卻也無一點悔意，如今身在秋林之境，反有倒吃甘蔗——漸入佳境之感。過去的苦，都已成為過眼雲煙，迎接未來的，還有比之更艱辛困頓的路途嗎？即使仍是荊棘遍野，手中已練就的這把披荊斬棘利刃，還有斬不除的野草嗎？令人憂心忡忡的是手無寸鐵的新新一代，面對未來的人生旅途，不管是驚濤駭浪，抑是風平浪靜，以他們平日養尊處優，缺乏磨練的體魄，如何走出他們的人生之路？

讀書之外

人生除了讀書之外，是不是還有更重要的事？

上班的日子，晨起一睜眼，匆匆抹把臉，思緒理清後，就趨車直奔學校，不必費神在「早餐吃什麼」的問題上。假日，慵懶起床後，早餐就成了一件頗為困擾的事了。常想「民以食為天」、「吃飯皇帝大」，「吃」是何等重要的一件事啊！但大部份的人，窮其一生花在「吃」上面的時間，似乎已遠遠超過想像。一般遠庖廚的「君子」，是無法體會中饋之事的繁瑣與艱辛的。一天吃三餐是正常，若再外加點心和宵夜，所耗時間更難計數，何況還有特別鑽研「美食」這一區塊的一群。

其實「吃」的目的，無非是圖個生命的苟延殘喘吧了！如今「健康」的訴求，無可厚非的已成了「吃」最重要的主題，但又有多少人能夠針對自己的體質，擬構一份適合自己所需的飲食菜單？所以「吃」常成了人云亦云：「這個不能吃」、「那個要多吃」、「吃……有益健康。」的亂附會一通了。

有時會臆想，他日若能發明一種針對每個人體質而調配的營養藥丸，一日一丸，或數日一丸，即可讓每個人活得健康又美麗，那時不但可拯救身陷庖廚的「小人」們脫離水深火熱之苦海，亦可將省下來的時間，用來從事其他更有意義的事。不過屆時，很多視品嚐美食為人生享受的一族，可能又要跳起腳來嘟嚷了。看來世事不只有古難全，在當今多元的社會中，更突顯其難全的難度啊！

假日，近十點時分，每家的早餐店仍是大排長龍，尤其是這家比之傳統早餐店多了些新菜色的早餐店。從市場踅了一圈回來，人潮還是站滿了店面的每一個角落，那寥寥可數的幾張桌子，更是座無虛席。抱著今天的工作已了的心態，我輕輕悠悠的挑了最裡頭一張乏人問津的桌子坐了下來，點了一杯上班日子從不沾唇的咖啡，外加一份蔬菜蛋貝果，好整以暇的等待餐點送上桌。櫃台前站滿了等候的人，大多是年輕一族，對傳統早餐豆漿、饅頭、燒餅、油條、廣東粥、……接受度比較低的一群。

十分鐘過後，咖啡送來了，但貝果仍未見蹤影，一邊輕啜燙舌的咖啡，腦中一邊整理著「香醇」與「咖啡」為何是劃上等號的兩個名詞？這兩者之間有著什麼關連？尤其對我這個味覺特別遲鈍的人而言，那實在是一件頗費神的功課難題。

貝果仍是未送來，站在櫃台前一個跟女兒年齡相仿的男孩，倒趨前來問可不可以跟我同坐一桌。像我這種已漸被兒女視為嘮叨一輩的媽媽桑，此時此刻，有人願意跟我同桌共進早餐，點頭是我唯一的答案。戴著一副眼鏡，身著一件白色T恤，背了一個黑色的背包，足趿一雙夾腳拖鞋，個兒跟已超過一七〇的兒子不相上下，雖比兒子略為胖些，但仍屬精實一類。

這個男孩，一開口就說：「我是從別的地方來這裡讀書的。」我一聽，訝異以對，心中不免暗忖：「竟有這等先洩底的開場白？」不解歸不解，但可以揣摩出他是不涉敵意而來的。

「我點3號餐，不知道吃得飽不飽？」已忘了是三個孩子娘的我，猛一回神，平日的媽媽味道直接傾出而應：「應該吃得飽吧！若吃不飽，可以再點啊！」

「可是我怕錢不夠，因為我每天的生活費有限度。」一股詭譎之感盤上心頭，潛意識的不安倏忽襲上腦海：「用自憐來哄誘金錢？」我定睛再細瞧，這個跟女兒年齡相仿的小男孩，臉上同是散發著陽光般的青春氣息，看不到絲毫的人情世故陰影，頓時不覺為自己的多慮而羞赧起來了。

我的貝果終於送上桌了，小男孩的餐點仍未送來，我們有一搭沒一搭的聊著，他是從高雄來讀大學的，讀的正是女兒延後了兩年才考上的分班，只是科系不同而已。以女兒讀小五時解數學應用題，把題中所有的數字加加減減，也不管問什麼那種程度而言，這個小男孩讀書的成績可想而知，何況還得遠度重洋來到異地求學？想來他在讀書這方面，也是跟女兒有著半斤不離八兩的程度。

假日，三個孩子不到中午是不起床的，一天吃兩餐是家常便飯，而這個小男孩卻說：「我要把早餐吃好，才不會讓體質變酸。」是一個懂得照顧自己的男孩。他的三號餐還是沒送來，在久候不耐中，他從背包掏出了一個牛角麵包：「這是昨晚在夜市買的。」就一口一口的啃起來了，三兩口解決了牛角麵包，他又拿出了半包的夾心餅乾，繼續的吃將起來，我內心暗忖：「家裡的兒子吃相從沒如此的『開胃』過，是這個做媽的太失責，沒有善用那把「開胃」的鎖鑰吧！」一股羞慚漾上我的臉龐。

看小男孩那好像可以吞下好幾頭牛的吃相，我趕緊把我的貝果三口作兩口的吞下肚，正在抹嘴時，他問：「妳這樣吃得飽嗎？」我抱著只差沒打飽嗝的肚皮回答：「很撐！怎麼會不飽呢？」趁他用一臉不可置信的模樣看著我，還在搜尋答案的時候，我匆匆的離席，落荒而逃……。

回到家，把熟睡中的兒子叫醒，緊盯著他吃下我順手帶回的早餐。告訴自己，從今以後，除了叮嚀他少打電動、多讀點書、早一點睡覺以外，是不是還有比讀書更重要的事要教導他？

又愛又恨孔方兄

有一首歌是這樣唱的：「若我說我愛你，這就是欺騙了你；若我說我不愛你，這又違背我心意，……。」不唯愛情讓人暈頭轉向，頭腦變鈍。世上還有很多的事物，同樣令人頭腦混沌，既愛又恨，孔方兄即是一例。

孔方兄姓錢，名多多，又名來也，別號孔方，乃身外之物。全身金光閃閃，但滿身銅臭味，與它握手言歡之後，必也要擦皂淨手一番。它可以助你平步青雲，萬事順遂，昂首闊步得兩腋生風。除了可以讓你吃香喝辣，把身子滋養得肥亮肥亮外，尚可用來打理外表，珠光寶氣，衣衫革履，照顧了面子，也得了尊重。在心情開朗，闊綽之際，大手一揮，還可贏得無數敬重的眼光，讓你在左一聲「大哥」，右一聲「感恩」之下，飄飄然忘了自己身在何處。難怪庸庸眾生終其一生，作牛作馬，每天累得像一條狗，汲汲營營的，無非是要與它稱兄道弟，結為百世不解之親家。

大部份的人都有與孔方兄緣淺之憾，終生鬱鬱寡歡的是不得孔方兄的青睞。試看樂透彩券行裡，多少人撓耳抓腮算計中獎機率？多少人死盯螢幕炒作股票，以漲跌停板為心情寒暑表？為的就是期待一朝被孔方兄慧眼識穿，選為東床快婿，終生可衣食無虞，榮華富貴一生。人們巴結迎合，奉承諂媚它，盼與它攀親交戚之渴望，有如望雲霓之久旱大地。

多少父母以「愛情與麵包孰重孰輕？」為題，大鬧家庭論壇，不惜引爆家庭革命，為適婚子女洗腦、再教育。為了這需要孔方兄打理的麵包，不知拆散了多少有情人的鴛鴦夢？其愛情之殺傷力不遜於呂洞賓。「貧賤夫妻百事

哀」，又有多少家庭攜子帶女，為孔方兄走上了自殺、燒炭，共赴黃泉不歸之途？所以能說它不重要嗎？「巧婦難為無米之炊」，柴米油鹽樣樣需要它，沒了它萬事不能，孔方兄操生殺予奪之權，被世人所器重與珍愛可見一斑。

但事常是一體兩面，孔方兄豈盡得人人鍾愛？恨之入癢者亦不乏其例。日昨下班回來，女兒說幾分鐘前，有人來電找，我尋了來電顯示，對那組電話，格外陌生，心中不免納悶：「何方神聖？有何貴事？」對一個見多識廣的大人物而言，一通莫名的電話，實屬綠豆芝麻一粒，何足掛心？但對終日在小鼻子、小眼睛打轉的人而言，就足夠讓他費煞心思，玩起「好奇」與「追根究柢」的遊戲了。明知時下詐騙電話猖獗，多一事不如少一事，但自忖還不至於敗在「貪」字，被當肥羊誑騙上手。

按捺不住那顆好奇的心，回撥了電話。傳來的聲音頗為熟悉，不巧此時「貴人之疾」又犯，聲音與影像陷於「短路」之中。哈嘿哼啦閒扯了幾句後，才了悟是久違的同學。同學分離後，不曾聯絡，偶爾在路上見著了，也是一句：「好久不見，上哪兒？」彼此匆匆一瞥，擦身而過。如今無事不登三寶殿，必然是迫於情勢，才會開口求救的。當下，沒稱斤論兩，就答應兩肋插刀。上樓擒了提款卡，準備提領現鈔助急去。臨出門前，再打通電話通知會合取錢。誰知連打數通未遂，通訊也頗為詭異，女人特有的第六感直覺告訴我，此事非比尋常，得再從長計議不可。當下斷然決定，Yes即刻翻轉為No。

放下電話，陷入重重沈思。即使是親兄弟也要明算帳，更遑論同學朋友之間，只要跟孔方兄扯上關係的，不論是借或不借，都是傷感情之事。他日，路上再遇，豈是一個「尷尬」可形容？孔方兄啊！孔方兄！你真是個害人精啊！

孔方兄之令人又愛又恨不言而喻，但它即使擁有了孫悟空的七十二變，終難逃每個人心中的一把尺。其尺度端視個人的拿捏，視其長者，受其擺佈一生；蔑其短者，擺佈其一生。其長雖可呼風喚雨，影響之大，足可讓人要生要死。但世上更有其無能著力的，譬如健康、感情、青春……，所以請出孔方兄，即可迎刃而解之事，尚屬小事一樁。人生在世，除了吃飽穿暖，在基本的生活層面獲得滿足外，還有很多比在孔方兄身旁打轉更重要的事。所以即使結交再多孔方兄的親戚朋友，繁衍再多的孔方家後代，不快樂也是枉然。

好友聽罷我大逆轉的故事後，用不可置信的眼神，瞧我像歷劫歸來的英雄樣，然後語似偵探的說：「謹慎啊！你一定被當大肥羊盯上了，等著看大魚被長線釣走的好戲囉！」我一時為之語結，當下報以一臉苦笑，但內心仍不免暗忖：「又是一樁詐騙現身？抑是孔方兄招怨的另一後遺症？」

冷眼看選舉

世事古難全，這是不變的真理。

生活習慣使然，晚飯後，不坐沙發塑「馬鈴薯造型」，已有多年的歷史，間接的，對那時段的新聞報導也置若罔聞。有了電腦後，偶爾上網瀏覽一下「油價」、「天氣」、「校園事」、……，那已是對天下事莫大的關注了。生活中缺少了對天下事關心的熱誠，連帶的，也漸漸難懂政治的堂奧。

首度三合一選舉如火如荼，像火熱般的在身邊延燒起來，以咱一個對政治冷感的市井小民，冷眼看這「羅生門」的選舉亂象，心中不覺也愁腸百結，有著不吐不快之感。

小時候的字典裡，是找不到「選舉」、「投票」這詞彙的。第一次對「選舉」有印象，應該是讀大學的台北街頭，宣傳的旗海飄揚在大街小巷，旗上寫什麼？候選人有哪些？誰是最後的贏家?……,都已不復記憶。腦海中,一張貼在暗巷牆壁上,用報紙書寫的宣傳海報,是唯一留存的印象。當年純潔如白紙的思維裡,第一次為候選人下的定義是:「那是有錢人才能參加的活動。」

雖然對「選舉」這門學問,一直扮著課堂外拒修的學生,但隨著參與次數的增加,從初始的看熱鬧,至現在的如山境界,卻也練就了「兵來將擋」、「水來土掩」的本事。

路上巧逢打躬作揖笑臉,定也是笑臉回應:「會的!會的!」;開門恭迎誠懇請求「拜託!拜託!」聲,必也笑聲回答:「一定!一定!」;暗巷巧遇候選人攀親附友,必也是虛諾回應:「不投你?還投誰?」……。屈指數數,一日之中,諾許多少票?天啊!手中只有票一張,如何允諾無數聲?何況投票當日,還難確定是否出遠門?是否會雜務纏身?候選人端出紙上牛肉無數盤,投票人也虛應選票無數張,人性爾虞我詐、虛情假意之泛濫,選舉是溫床。

滿街飄揚的選舉旗幟,五花十色,旗上男的俊、女的俏,個個一臉笑盈盈。這個認識、那個沒聽過,會不會問政倒成了其次的事,人人犯了「官大學問就大」的迷思,知名度才是決定票投誰的關鍵。

宣傳單塞爆信箱,光面彩色兩頁印刷,似彩屑滿天飛,一張多少錢?白花花灑空中不喊疼?沒被順手扔進垃圾桶,已是莫大的造化,既當不成草稿紙,摺成垃圾袋,夠一家餐桌上收拾魚骨菜渣數月有餘,會費心傷神去閱讀研究的有幾人?浪費地球資源莫此為甚。

宣傳車一輛接一輛，這輛「各位鄉親父老許大……」，那輛「拜託！拜託！……」聲如魔音穿腦，在大街小巷、社區輪迴放送，人的一日只有三餐，它外加早晚點心和宵夜，強迫腸胃灌食，不得胃潰瘍也難。

手機簡訊也難逃被染指的噩運，這封「造勢晚會有幾千人共襄盛舉，……」，那封「請來某知名演藝人員登台助選……」選舉成了歲末酬賓大活動？

電話選情調查更是無孔不入，先問你身家百世，再問你「參選縣長的有哪幾個人？」最後問你「誰當選的機率較大？」……，題題逼問，總要問個水落石出，天啊！這豈不成了課堂考試嗎？更離譜的是選情調查報導，甲當選的機率是多少，乙當選的機率又是多少，數字睜眼說瞎話莫此為甚，因為連咱一票投誰都是個變數，何況是隔千層肚皮的眾投票者？

喜宴的餐廳也不遑多讓，這群穿紅背心的剛走，那兒又冒出一群穿藍背心的，沿桌鞠躬哈腰敬酒，席上成了候選人練酒競技的場所。新人敬酒只有一回，來沾光的倒是輪番上陣，真不知今天的主角是誰？喝的又是哪一門的酒？隨著投票日越近，市井小民的生活被干擾的情況也越趨嚴重，錯就在手上擁有一張選票。

說來更可笑，多年前，正值秋蟹肥美之時，市場魚販攤上，滿地竄爬的螃蟹，成了饕客搶購的鮮食，原本並無買意的我，只是路過的圍觀者，好奇的衝動，讓我伸手去逗弄那活跳跳的鮮類，說時遲，那時快，一隻手指便硬生生的被牠的大螯箝住，最後費了好一番功夫，才得以擺脫牠的魔掌，不過一顆受傷而桀驁不馴的心，亦讓牠莫名其妙的成了我鍋中煮、桌上食的珍饈，這種令人啼笑皆非的事，亦發生在選舉活動上。

最可惱的莫過於聽到門鈴「叮噹——叮噹——」，一聲急促過一聲，匆忙下樓應門，卻見一群人前呼後擁揚長而去，只聽得傳來小小聲「這間沒人在」，留下杵在門後瞠目結舌的我，心中不覺恨癢癢的要說：「拒投黑名單多一名」。可見候選人除了應倒背選戰須知外，更須熟讀人性「厚黑學」一書，以為敗選的警惕。

選舉是民主政治的必須配套，經過投票程序選賢與能，本是無可厚非之事，但在打著「民主」旗幟之下的各項活動，是不是也應顧慮到終日在小眼睛、小鼻子裡打轉的市井小民心聲？讓這民主的選舉投票，成為真正的民主。

非關「大拇指」

九月九日，事關「大拇指」的政治大事，正如火如荼的在各個角落上演著。對某些人而言，這天或許是個特殊的日子，但對常被羅生門般的政治搞得一頭霧水的我而言，竟也是一個特殊的日子，不過那卻全然與「大拇指」毫無相關。

週六，早上比平日起得晚了點，和國二的兒子相約去吃早餐。兩人甫出門，咦！怎麼一回事?平日停在門口，與我那部老爺機車相依相伴的腳踏車，這回竟像在空氣中消失了般，不見了蹤影。兒子摸著他兩天前才剪的短髮，一副不可置信的模樣，左搔首、右晃腦，再揉睛細尋。瞧他可能正思索著：「難不成昨晚我忘了把車騎回家？」看在這個非真正失主的我眼裡，倒有種啼笑皆非的感覺。

兩個人又走到屋後的鐵門一看，哇塞！本還是半睡半醒的頭腦，這下全驚醒了，因為咱們家老爺停放在後門的腳踏車，也似長了翅膀般的不見了。閃進我們腦海的第一個念頭就是：咱們家遭小偷了！兩人相視一笑，不約而同的脫口喊出：「小偷！」吃完早餐，急著要赴醫院看病、做復健，只好暫時先將這件事擱下。不過這趟難得的「早餐約會」吃得可是五味雜陳，很不是滋味，我想兒子的感受應該比我更為複雜，因為他可是這件失竊案中的失主哦！

往醫院的途中，兩人在車上，拿出007辦案的精神，沙盤推演的想了無數的可能，想法極盡的天馬行空：可能是被鄰居借去了；可能是兩個姐姐騎去運動了；可能是被爸爸牽到車庫裡收藏了；……等等，因為這幾天巷子裡的路燈全「放假」了，一向心細如髮的爸爸可能已經嗅到那偷兒身上的氣味，所以……。就這樣子，我們一路上一搭一唱的唱起雙簧來了，大有憂愁中尋找樂趣的意味，但在歡笑的氣氛裡，卻仍然掩飾不了那需花錢消災而堆疊在臉上的愁紋。

從醫院回到家時已近中午，連忙打了電話給在外研習的老爺，向他報告這個意外。電話那頭傳來老爺不急不徐的聲音，他的腳踏車沒丟，是他騎去停車場換大車回來，所以安然無恙，倒是兒子那輛向來不上鎖的腳踏車，這回可能真的成了偷兒的戰利品了，最後老爺說：「警察局就在咱們家附近，我看還是去報個案吧！」

為了當一個順民，生平第一回，我和兒子踏進了警察局。在往警察局的路上，我們倆又是沙盤推演的演練著，準備著要如何跟警察說清楚這檔竊案，大有「大姑娘上花轎——頭一

回」的慌亂與不安。進入那偌大的警局大廳，才知道也不過如此而已，幾個穿著警服的警員坐在電腦桌前，雖然看不到電腦的畫面，但瞧他們那專注的模樣，倒有點似曾相識之感。有一個可能是值勤的警員，趨前來問有什麼事？我抱著「不是要來跟你吵架」的謙卑態度，將事情的原委說了一遍，結果他要我們拍下腳踏車的照片，以便他們好照樣尋車。

出此難題，就在腳踏車不見了之後，實在讓我們好生為難。但我和兒子為了證明我們不是來鬧場的，倆人只好冒著雨、騎著機車在街上蹓躂，為的是尋找一輛與他一樣的腳踏車拍照存證。好不容易找到「替車」拍了照，第二回進了警局，這回值班警員被我們從午睡中吵起，他要我將照片印出，以便併案存查尋找，所以我又跑回家將照片印出。為了一輛遺失的破腳踏車，我忙了一個下午，跑了三趟警察局。心想這年頭會做這種傻事的人，應該不多吧！

事隔幾天後下班回來，老爺說有兩個警員到咱們家拜訪，希望我們再跑一趟警局將腳踏車特徵作更詳細的描述，好讓他們方便尋找。兩個警員我沒見著，他們談話的內容我也沒聽著，倒是老爺語重心長說的那句：「去把案子消了吧！得饒人處且饒人！」一直在我的腦海中迴盪，久久不散……。

以現在的生活水準而言，區區一輛腳踏車何足掛齒？所以從頭到尾，我壓根兒就沒抱著會尋回腳踏車的想法，也不奢望「千忙」之中的警員，會撥空去找那輛破腳踏車，因為他們要管的事實在太多了：不管是「拇指」向上或是向下，是沒戴安全帽或沒繫安全帶，是小偷或是強盜，是火災或是車禍，是跳河或是上吊，……。大至國家大事，小至夫妻吵架，無所不管，忙得焦頭爛額的他們，哪有空檔去幫順民找回一輛小孩子的小車呢？所以至今車子仍是杳無蹤影，好像在地球上消失了般，這是再正常不過了。

特殊的一天，心中的感受豈是一個「印象深刻」可說清道明？它除了讓我學到了不少書本裡找不著的知識，了解「報案」這回事的流程外，最重要的是知道下回物品要遺失前，記得要先拍照存證。所以諸位看倌，家中若是沒相機的，遺失物品就免報案了吧！

腳踏車旋風

「老板……，這台車多少錢？」、「頭家！昨天買的車……」，一屋子吵吵嚷嚷的人聲鼎沸，但見臉上堆滿笑容的老板，一會兒接電話，一會兒找螺絲起子，一會兒比手畫腳的解釋……，忙得不可開交。

我趁勢瀏覽了一下店裡的擺設，靠牆壁一整排嶄新的腳踏車，有如一排鵠立而候的美女，正等待著來客的青睞，數一數不下三、四十部。再抬頭一望，不得了了，掛在牆上，輕如紙雕般的鐵騎，更是身價不凡，沒有五位數的money，是難以入主駕馭它的。

小小的一間店面，就這樣被車塞滿了，人在其中想迴個身都感困難。再回想去年此刻，同樣的小店，門可羅雀的冷清畫面，如今取而代之的是刷亮玻璃內，再也容納不下的高檔貨品，人潮如過江之鯽，來來去去，真是今非昔比啊！

讀國中時，曾有段時間，對擠得像沙丁魚般的公車很「感冒」，也怨家中付不起每月區區三十幾元的車票錢，更恨每天要徒步近一個小時的路程上學，所以毫不猶豫的跨上了家中那台廿八吋的大鐵馬，明知道一個身材短小的小女生，配上那高不搭調的腳踏車，是件很突兀的事，但為時勢所趨，也顧不著什麼雅不雅觀了。就這樣，在那織夢的荳蔻年華，織的不是與白馬王子在森林那端邂逅的美夢，而是擁有一台「鐵馬王子」眷戀的幻夢。

曾幾何時，滿路的腳踏車景象，被一輛輛掣風而馳的機車和一部部威風凜然的驕車所取代，腳踏車退身而成了路邊躡手躡腳的小媳婦，只有偶見老阿伯代步和孩童兜風嬉戲時，才能再見它的身影。人們在「時間就是金錢」的速食時代裡，年輕一輩已捨機車而搭高鐵，經商富賈已棄汽車而上飛機。人人往前衝，日日的趕，月月的追，追趕時髦的尖端；個個拼命花，千千的揮，萬萬的霍，耗盡地球石油的資源。

如今，石油的價格就如竄升而上的烈日溫度計，人們在一聲聲的驚呼聲中，航空公司釋出了利虧的惡耗，航線縮編了；加油站前等候漲價之前加油的汽車大排長龍；大車換成小車是眾所皆知的節能撇步；民生物品也一波一波的漲價了，餐桌上大快朵頤的美食饗宴，成了束緊腰帶的宣導座談。

悄然間，學校中年輕的後生之輩，人人都擁有一台台嶄新亮眼的腳踏車，它除了是上下班代步的工具外，也成了假日運動休閒的好伴侶。當然它的身價也不凡，該有的配備應有盡有，上至里程表，下至水壺架，十足是一台人人稱羨的交通寵兒。馬路上規劃出了一條條單車的動線，偶見一身勁裝的騎者，從後趕上揚長而去，讓人不由得打從心底的發出驚呼聲：「少年仔，有衝勁哦！」

兒子那台除了響鈴不響，全身價價作響的老古腳踏車，是某年的一次太武山活動，在幸運之神的眷顧之下獲得的獎品，陪他已走過國中三年的青春歲月。他曾多次向我提議要換台新車，我也多次曉以大義，把當年老媽我有車騎就很高興的陳年歷史，像錄音帶般的向他洗腦了多次。但這次在受到腳踏車旋風的影響，我終於點頭要讓他換車了。

假日陪他到車店，母子倆像選媳婦般的精挑細選，把車店中的腳踏車品頭論足了一番。但結果還是徒勞而返，因為啥時候連腳踏車的價格也悄聲翻了好幾翻？人言道：「一分錢，一分貨」，價格貴，物超所值也罷，但問題是在買了好車之後呢？要像學校的同事把車鎖在室內嗎？在金門，竊盜之風雖不及台灣之猖獗，但在已連失兩部腳踏車的慘痛經驗之後，要再買一台價格不菲的腳踏車，仍要讓人思慮再三，不敢倉皇下手。可恨啊！順手牽車的盜賊！

石油節節漲價，如當頭棒喝般的驚醒了不知地球資源將竭的人們，讓大家知道「節約能源」再也不是一句口號而已，這何嘗不是一件好事？但面對那些攪壞一鍋湯的偷車鼠輩，讓人在恨得牙癢癢之餘，是不是也是我們該正視這個問題的時候呢？

笑看財神

一早開車出門，清冷的街上，除了路上踽踽的三兩個學生，還有偶爾匆匆掠過的腳踏車身影，汽車不多。我總要經過街上那家便利商店，常瞥見店門口一個高瘦的身影，斜背黑色小背包的男人，臉朝店內，一顆頭東歪西探的，像獵犬般左右逡巡著。此時，若有人從店內走出來，他就會迎上前去頷首示意，一隻手也在有意無意之間伸出。那情景就像競選期間，站在街角的候選人一樣，逢人就堆張笑臉，不停的鞠躬哈腰，一隻熱情的手忙不迭地要跟你稱兄道弟，嘴裡喃喃的說著拜託拜託。

不同的是候選人身上披的是紅色的彩條，那神情是熱絡的，有種不達目的誓不休的企圖。站在便利商店門口的男人，卻缺少了一份熱衷，好像達不達成任務，對他而言並無太大的區別，那是蜻蜓點水、淡淡的船過水無痕。初始看到那畫面，頗覺納悶，大清早的，人來人往忙上班、上學的，會急匆匆進便利商店的，都是務實的要買份早餐，想裹飽經過一夜掏空的肚囊，他大清早的像站崗一樣，在熙來攘往、進進出出的過客中，是那麼的突兀啊！後來見多了，才知道他是索討統一發票來的，看來他天天辛苦、日日忙，圖的就是圓一個小小的發財夢。

忙碌的白天，即使偷得半日浮閒，也鮮少有閒情逸致，會想到街上晃遊。只有在一天的工作落幕後，迎著落日徐徐晚風，才會上街購物，順便觀人潮。一路的風景，總要經過幾家彩券行，小小的店面，除了兩三張桌子、一台必備的選號電腦外，牆上總是貼滿了花花綠綠的海報，寫滿了阿拉伯數字，明白的向路過的行人昭示著上期臨寵的幸運數字，若再貼張斗大聳動的「賀本行開出×××頭獎」，那吸睛的魅力更是提昇了數倍。我常投以睥睨一眼，像遊魂般輕輕的掠過，恍若青燈下的僧尼，對擾攘塵世已如止水般的了無欲求。但也曾多次的覷上幾眼，好奇的想嗅得一點發財的鮮味，探腦偷偷數數店內的人頭，總是發現男人是一種比女人更會做發財夢的動物。

不獨大人想發財，連小孩也不遑多讓，說得更精準一點，咱們家的孩子也常幻想著中獎發財。便利商店林立的今天，購物越來越方便，常見收銀台前，一個專為植物人、弱勢團體募集發票的箱子，總是被塞滿了發票。一般人付了帳，收了發票，就會順手往箱子裡一塞，既做功德又免去處理發票的困擾。而我總是像做了錯事的小學生，收了發票，就像收了贓物一般，趁著旁人一個不注意，趕緊往錢包裡塞。

回到家，孩子對購回的瓶瓶罐罐，甚至包裝精美的盒盒袋袋，了無興趣，更何況是需下廚才能入口的生鮮魚肉？他們關心的是媽媽帶回來幾張發票？這時他們就會像嗅覺靈敏的狼犬，繞著你四周打轉，大家爭搶著向你索要發票。孩子除了媽媽的統一發票不放過外，他們購物，也特別鍾情便利商店，即使知道便利商店的物品，並不比其他商店便宜，但他們仍是始終如一。

每逢兩個月一次的發票開獎日，常見他們手握一大疊的發票，一張一張的核對著報紙，神情專注的模樣，好像置身考場應考一般。偶爾聽得他們高聲喊叫「中了、中了」，那常是區區的兩百元小獎，不過更常看到他們不吭一聲的一臉

烏雲，我的內心不免暗自發噱，數百張的發票，一一與財神擦身而過，那失望落寞之心情可想而知。

人是一種很奇妙的動物，除了擁有螞蟻夏儲冬糧的先天能力外，更有著「吃碗內、看碗外」的逾越非份之想。推究其因不難，翻開中國歷史的長卷，戰爭、黨亂、昏君、奸臣、……是掌寫歷史的主筆，「顛沛流離」、「民不聊生」寫滿了百姓生活的一頁。宿命造成了中國百姓不安的心態，永遠覺得擁有的不足，有了粗食可溫飽，就想精食可滿足，更想美食可比媲，冀望有朝一日，麻雀能飛上枝頭變鳳凰的人，週遭比比皆是。不信試看，週休二日，台灣商圈繁榮之景象，比之上班時日更是人潮滾滾，台灣人勤奮賺錢，甘為錢下奴的景象，足以讓人瞠目結舌。反觀歐美國家，週休二日，人人開車出城度假、曬太陽、戲水、登山、……，恍若空城的商城，只剩下冷漠的展示櫥窗竊笑著，這不正道盡了他們是更懂得享受生活的一族？

其實人的福份早注定，非份之財永遠守不住，雖然在「錢不是萬能，但沒錢萬萬不能」的當今社會，一個人快樂與否，並不是取決於物質上的貧富，而是取決於其心境的安然與否。把握當下、珍惜擁有，才是上上之策，莫待發財夢醒之時，徒留「錢在銀行，人在天堂」悔恨，那時已莫及啊！

新舊

教了多年的書，對教學現場的改變，感受頗深。若以天天看一個孩子成長的角度，審視這如吃三餐的教學現場，不覺得它有什麼改變。但若把時間距離拉遠，以多年未見的心情，乍看一個孩子的成長，會發現其變化可謂大了。

孩子與老師之間的距離可謂變化最大。初始，孩子進辦公廳前，畢恭畢敬的站在門口，一聲響亮拉得老長的「報告」，總得要裡頭的老師一聲「進來」，才敢躡手躡腳的進去，彼時，站在老師面前的是垂首聽訓的孩子。有時逢到老師沒聽見，或是正忙得無法應答時，只聽得孩子一聲比一聲洪亮的「報告」，那沒有得到老師恩准，就不敢造次進辦公廳的模樣，想來不覺令人莞爾，那時的辦公廳是孩子的禁地。

如今，一逢下課或午餐飯後，辦公廳內圍在老師桌旁，嘻笑打鬧的有之，插科打諢的有之。有的是被老師差遣來的，有的則是主動來找老師說情的。常是一群人來了，又一群人走了，辦公廳好像成了自家客廳般，來去自如。更有甚的，曾經將上課不守份的孩子，下課時段叫到辦公廳來，一則勸誡訓勉之，一則有拘禁剝奪他下課不得遊玩的意味，結果身如潑猴的他，站著站著，竟然在眾目睽睽之下，學齊天大聖孫悟空，在辦公廳裡頭滑起地板，翻起五斗筋雲來，真是令人啼笑皆非。

過去孩子敬畏老師，一聲「老師來了」，有若街上流動攤販聽到「警察來了」，一樣具有防範扼阻之效。小時候，每逢在學校受了委曲，回家跟老媽訴苦，老媽一句「汝未曉佮老師講？」我的反應必是一顆頭搖得像波浪鼓，淚眼帶懼的回答：「我不敢」。那懼怕老師的模樣，活脫脫就像小偷怕警察一樣。那時的老師有若「老虎」之威，沒有武松打虎能耐的閒雜人等皆不敢靠近。

如今，孩子不怕老師，主動趨前來跟老師聊天、討價還價，已成了他們的基本能力。聊的話題五花八門，上至天文，下至地理的「為什麼」，到「昨天我們家……」和「老師你今天穿得很漂亮……」，無奇不有。聊天時，牽袖拉衣、挨身靠背的零距離，與過去學生雙腳併攏，筆直站在與你距離半尺之遠，彷若有飛沫傳染之虞的景象，真是一個天差地別，判若兩個世界。

不唯孩子在改變，教室內的景象也在改變。過去一間教室塞滿課桌椅，三、四十個孩子摩肩接踵的擠在一塊上課，台上的老師一聲「注意聽」，底下鴉雀無聲，人人正襟危坐，不敢稍有踰矩。孩子最怕稍一分神，被老師叫起來回答問題，若是答不出來，那是顏面盡失，極為丟臉的事。

如今，少子化的社會，教室內的孩子數少了，老師仰賴一支聲如洪鐘的麥克風，也難抑制底下那一張張拴不緊的嘴巴，兩人交頭接耳的有之，竊竊私語的有之，前後左右顧盼、企望的有之，埋首畫書、寫字的有之，教室有若菜市場萬頭鑽動之熱鬧。冷不防抽個學生站起來回答問題，孩子一臉嬉皮，答得出來與答不出來，有如隔靴搔癢，全無關痛癢。碰上孩子答不出來，老師還需左提示、右暗示，幫他找臺階下，免得傷了他的自尊。

一週一堂的閩南語教學，帶著孩子一句一句的唸，孩子齜牙咧嘴的學樣，驗收成果時，一位參加校外英語話劇比賽表現不俗的孩子，站在台上竟囁嚅不知所以，問他：「閩南語比英語難唸嗎？」他點頭如搗蒜，讓人不覺為閩南語之前途感到茫然。小時，禁說閩南語，下課大家抿嘴禁聲，深恐稍一不慎說溜了嘴，可以買十顆酸梅糖的碩大一元，就那樣不翼而飛了。記憶中，老師雖然三申五令禁說方言，但在當時家家皆赤貧如洗的我們，好像也未曾自口袋掏過一元當罰金。

有一回來了個臺灣的代課老師，要我們上台說個故事，向來閩南語說得比國語還溜的我們，人人捂著心口暗叫不妙，宛如踢到了鐵板一般。一個故事不但被我橫剖縱切，大卸成好幾段外，那有著百節足的「蜈蚣」，硬生生的暗改成「青蛙」，「飛簷走壁」的功夫，也只好落俗的擅改成「地上慢慢走」，好不容易把一個故事二二六六的拼湊說完，下台後，一臉茫然，竟連自己說了什麼故事來著，都摸不著頭緒。

初任教職，課堂上忙著以自己不甚標準的國語，為孩子糾正發音；下課後，焦頭爛額的為孩子排解糾紛，最常碰到孩子來告狀：「老師！他給我打……」，我總是要費盡唇舌解釋一番。如此案例層出不窮，久了，自己也感困乏了，偶爾也會跟著起哄，語帶戲謔的回答他：「他給你打還不好？」

如今，課堂上，只要稍一不留神，閃了舌頭，把ㄢ發成了ㄤ，馬上招惹孩子滿堂的哄笑，那笑得東倒西歪的誇張模樣，讓你不滿臉漲紅也難。孩子寫作文，再也見不著閩南語翻成國語的文法了，取而代之的是寧可唸英文，也不願說閩南語。在資訊發達，天涯若比鄰的當今，這種趨英語捨母語的現象，真不知是該喜？抑是該憂？

教學現場的更迭轉變，看來已不是「教書匠」，用做一天和尚敲一天鐘的心態，所能應付得了了。真是難為老師！老師難為啊！

走讀童年時光

時序入夏。一場午後雷陣雨過後，曬穀場上冒著蒸蒸的暑氣，好像熄火後蒸籠上的炊煙，若隱若現，空氣中瀰漫著一股泥土的香味，我疊完最後一件衣衫，心就野了。

半掩的大門外，有幾隻被淋溼的母雞蹲伏著，賊頭賊腦地往門內探，無非是想潛進來躲雨避冷，啄地上的飯粒殘渣，我隨手抄起牆腳的掃帚，狠狠的瞪著雞看，然後「哼哼」的悶響兩聲，母雞們推擠一陣，紛紛踩著雞爪逃至屋外龍眼樹下避難。老鼠色的灰黑色天空，像一幅潑墨畫，流淌著淚眼，大地竟也跟著朦朧起來了。

我跳過幾處水窪，躡手躡腳的跑到對門美華家，屋簷上的雨滴像斷了線的珠子，一顆一顆往下墜，滴答滴答的呻吟著。美華他小弟正在門口玩水。

「阿田！恁姐呢？」

「在房間讀冊啦！」

「無彩那麼骨力，讀冊還讀尾名！」我像貓似的溜進房間，偷襲的「嘩」一聲，美華嚇得一張蒼白扭曲的臉，轉過身就雙手搥了過來，我跑至大廳，笑得連腰都直不起來。

「討厭！要做啥？」

「走！去阿福伯他家後壁挽奶仔佛啦！」

「甘熟啊？」

「昨仔日我阿兄有挽幾粒，擱黃擱甜！」

我和美華一溜煙，跳過門檻跑出去，抄近路至阿福伯家的後院。一棵與屋齊高的芭樂樹，果實累累的掛滿了枝頭，熟味溢出了軟甜的香味，用鼻吸，還嗅得出濃濃的芭樂甜味。

「不知阿福伯家的大黃狗有底嘸？」美華怯怯的說。

「擦管伊！先挽再講！」

我們像蜘蛛人，猴手猴腳的，左攀右蹬，一下子就爬上了芭樂樹。

「嗯！黃擱甜！」美華已迫不及待的吃了起來，連洗都沒洗。

我在樹叢裡翻了翻，就是找不到熟實，一急，隨手就近採了一個大青的，在衣袖上擦了擦，也狠狠的啃了起來。外皮的澀味實在難以下嚥，只好將綠皮吐掉，裡頭的籽硬得像石塊般。

肚裡連吞了幾個，口袋裡也塞鼓了，眼看屋前馬背般山牆的倒影已淡，我們才在大黃狗的吠聲追趕下，一腳高一腳低的跑回家。晚餐桌上，索然無味的望著那鍋溢著焦味的玉米粥，還有那碟醃漬西瓜皮，終於吃了一頓沒有狼吞虎嚥的晚飯。那夜，我抱著無需無索的身子躺在床上，想著今晚，美華是否被她阿爸淒淒慘慘的修理一頓？心底不覺泛起一股莫名的笑意。

入秋後，天空藍得像洗得泛白的衣衫，清清爽爽的。忙完了秋收農事，美華的阿兄志明要娶媳婦了。

婚禮前一天，村子裡每一戶的大飯桌，連四條板凳都被借去。叔伯們把田裡的工作歇下了，擔起辦貨、跑堂差。有的進城採辦酒菜，有的綑來豬公，就在大門口，豬公哀鳴聲中宰殺起來。白晃晃的長刀往豬脖子一捅，泉湧般的血，瞬間接滿一臉盆。不到一盞茶的工夫，熱騰騰的豬血米粉上桌了。頓時，幫忙的人手全圍攏過來，有的捧碗公，有的擒筷子，或坐，或蹲在一角，熱呼呼的吃了起來。準備敬天公的豬公，嘴裡塞一個紅圓，豬尾綁了一串紅色的絲線，擱在長條桌上，準備明天的祭天公大禮。

擅於烹調的婆婆嬸嬸們，也主動挽起衣袖，蹲在井邊，有的拔雞鴨毛、掏腹翻腸的；有的彎著腰，洗一籮筐一籮筐的菜蔬。砧聲和著人語，把全村的人氣都吸拔了過來。那晚，村頭至村尾，每一家老小都被邀去吃喜酒。遇到忙得不肯歇息的，硬是連哄帶騙，又拖又拉的，也要把他架著入席，一雙泥腳也不准去洗。

隔天中午，迎親禮車回到美華家門口。爭睹新娘風采的賓客，把大門口堵得水洩不通，就像交通阻塞的十字路口，進退皆不是。我鑽在人群中，看見志明把新娘子牽進屋內，外頭的鞭炮已響得比午後的驟雨還急狂。

新娘進了門，美華他阿爸就焚香祝禱起來，再由新郎新娘敬拜天公，一共拜了十二拜，同時敬拜數日前自廟宇迎請回家供奉的王爺。拜完後，婆媳要照面了，美華的阿母面向客廳，站在門檻上，媒人阿福嬸把新娘牽扶到面前來後，新娘轉過身來，由婆婆以居高臨下的姿勢，為媳婦新娘「添春」，在頭巾上插一對大春。我扯扯身旁美春姑的衣袖：

「插那一蕊花要做啥米？」

「意思是『頭春尾吉』啦！」

「頭春尾吉？」

「唉！囝仔人攏不知影，即是俗語所講：『插春，明年生查脯孫』的意思。」

「哦！原來是按呢，明年美華就可以做阿姑啦！」

經過這一番進門禮數，再進行「換圓」儀式，新郎、新娘互吃對方碗中的兩粒湯圓。我瞧得一臉傻相，搔著頭，不明所以。美春姑笑著說：「『換圓』象徵團團圓圓，兩人才會白首偕老。」我一臉欣羨，腦海中出現了王子和公主從此過著幸福美滿日子的畫面。

趁著新娘休息的空檔，我才發現美華家的天井搭起了篷布，把原本亮晃晃的天井，遮得像一間暗房。角落邊擺上兩張四方桌，大師傅架起了快速爐和大竈，就在天井裡劈哩啪啦的準備起酒菜，他嘴裡叼著香煙，手裡正舉著刀切雞，還伊伊嗚嗚地品頭論足，說新娘子怎樣又怎樣，那竈彷彿正細細地聽，聽得正興處，不禁高興地沸騰起來。我和美華，東竄西探的跑進跑出，一張喜孜孜的臉，笑得像池裡盛開的荷花，彷彿那娶新娘子的就是我們。

要去拜宮廟、宗祠了。美華他阿爸提花籃走最前面，籃內盛放香燭、禮炮、冬瓜排等甜點。接著由臭弟和美華的堂弟阿東，提著子婿新郎燈做前導；還有麗娟他弟拿草蓆緊跟著，在一群人簇擁下，來到宮廟拜王爺。敬拜前，美華他阿爸先點香燭、擺供品；麗娟他弟則在神龕前鋪草蓆。新郎跪地拜了三拜，新娘則站立著，用手捧花示意而已。拜過宮廟和宗祠後，打道回府，改拜祖先及高堂。拜祖先三拜，拜高堂則拜十二拜，每一拜，都站起身後再下拜。

拜了祖先和高堂，阿成叔就在天井一角，拉起了一條繩子，繩子一端綁著一個箸籠，要志明抱新娘去抓取箸籠。新娘快抓到時，阿成叔故意把箸籠往上拉，讓新娘搆不著，等到新娘大失所望時，阿成叔又放下繩子。這樣來來回回戲弄了好幾回，把圍看熱鬧的眾人，逗得一張嘴合不攏。直到都笑翻了，鬧膩了才住手，讓新郎新娘休息去。

中午的酒席，宴請的大多是遠到的親戚和朋友，所有的房間都擺上的大飯桌，天井也不例外。在眾聲擾嚷聲中，美華的阿舅坐上了祖龕前的母舅桌後，酒席才正式開始。我等得快成一尊石膏像，滿臉的不耐，睥睨的瞧美華阿舅一眼，嘟著嘴不屑起來。

阿嬤摸摸我的頭說：「『天頂天公，地下母舅公』」。

「啥米意思？腹肚攏飫阿抹死啊！」

「憨孫仔！地間最大的是母舅公啊！所以愛等母舅來坐桌，才能開桌。」阿嬤淡淡的說，彷彿太陽東升般的理所當然。

炸得油亮的「雞捲」，配上酸甜的菜頭酸上桌了，鼎沸的人聲方歇下來。晚上宴請村裡的同鄉，同樣的菜色，連吃了兩餐，把欠缺油水的我，撐得一個肚子渾圓，彷彿一把張至極大的傘一般。宴席結束，大家都往新娘房擠去，等著看鬧洞房的好戲。

小小的新娘房，早已被擠得水洩不通，晚來的，只好在門口挪張椅子墊腳，扮長頸鹿往裡覷。像我這種小個兒的小孩，只能在房門外，聽著裡頭笑浪一陣一陣的襲來。那夜，在一片燈火通明，人聲晃影中，我帶著甜甜的笑意入夢。

一年冬盡，薄春時節。晨雞啼過之後，天漸露微光。遠處傳來縹緲之聲，有人持著鋤頭，細細地在刮鼎背的沈灰，聲音斷斷續續的，隱隱約約由急而緩。我躺在床上，為這些晨囂而假寐著，想像鋤頭劃過鼎際，柔細的微塵安靜的落下，最後落成一圈黑圓，肥沃了土壤，滋養了眾生；倒扣的大鼎就像這一片大地，一根鋤頭正在上面除草、耕耘。

幾陣春雨過後，空氣愈發溫潤了。一望無際的阡陌田野，除了天空、飛鳥、孤立的反空降樁外，還有彎彎曲曲的小路。大地好像剛從冬眠中甦醒過來，等待著伸腰舒臂一般。連續放了一個禮拜春假，阿叔早在幾天前，就叮嚀著我們要下田幫忙。

備齊了播種的農具，有的捧花生種子，有的擒小桶子，我們一路嘻笑怒罵的往田裡走，就像一群軍心潰散的士兵，準備去打場勝敗未卜的仗一般。遠遠的就見阿叔彎著腰在犁地，走近一瞧，原本一塊荒蕪的田，已被整得乾淨整齊，像剛淨過的臉，眼是眼，鼻是鼻，清楚明白。

我順著那一行行的田壟，放下兩顆花生種，再一個腳印踏實。播完這一行，又換另一行，直把腰彎駝了，眼睛晃花了，事兒才做了一半。頹喪的嘆口氣，撫著咕咕響的肚皮，一雙鉛重不聽使喚的腳，像老牛拉車般，愈顯遲緩。正在後面覆土的阿叔，吆喝著我們不要慢下來。在一聲聲的催促下，太陽已在山頭連打了好幾個哈欠，阿叔卻毫無回轉休息之意。阿兄終於開口：

「阿叔！明仔日再擱弄啦！」

「對啦！明仔日再擱來種啦！」阿姐討饒的應和著。

我佇立一旁，心裡也期盼能得到阿叔的應允。

「明仔日有明仔日的代誌，卡緊做！」

「今仔日的代誌沒做完，明仔日的代誌抹怎樣？」阿叔喃喃的唸著。

我抬眼望天，灰濛的天空，像泫然欲泣的眼睛，充滿著憐憫與不捨；遠眺這一片望雲霓之大地，彷彿嗷嗷待哺的幼兒，等待著上蒼的撫育。回頭望，阿叔佝僂著身子，專注的撫弄著每一寸土地，像慈母用溫柔的雙手，輕拂著襁褓中的嬰孩般，充滿了關愛與疼惜。我從阿叔那堅毅的背影，彷彿聽到他喃喃的說：唯有用子子孫孫的汗水去延續、去肥沃每一顆埋在泥裡的種子，讓它抽芽茁壯，開花結實，才能掙得一年四季的平安與溫飽。

那夜，在全身疲憊之下，我沈沈的進入夢鄉。夢中花生藤結滿地，阿叔手中握著結實累累的花生藤，一臉笑呵呵。站在一旁的阿嬤，癟著雙頰囁嚅著，好像聽到她在說：「土豆真香！」「土豆真香！」……。

本文獲得第六屆浯島文學獎散文組佳作

台上台下

颱風過後的假日早市，一路迤邐漫漶的水漬，流竄在汙髒的水泥地上，彷彿無邊無盡頭般。不時從遮雨篷竄流下來的雨水，滴滴答答的像規律落下的串珠，冷不防的滴得你滿頭滿臉，狼狽一身。兩天的宅在屋裡，逮到這風稍弱、雨漸停的假日，走一趟市場。店家前面的流動攤子，明顯的比平日稀少，但沿街拎袋擒菜的買客，並沒有減少。彷彿久錮牢籠被釋出般，人人一臉的輕鬆、笑意。有固定攤位的菜販阿嫂，一臉笑呵呵，手邊忙著接過顧客挑選的菜蔬，嘴裡還忙不迭的嚷著「青蔥快沒了，再去拿一捆……」、「茄子35元……」、「等一下拿給你……」，應付著每個買客的問題。櫃台前站滿了鵠候計帳的買客，生意之好，簡直不可與平日道里計。我穿梭在人群中，雙眼逡巡著兩旁騎樓下堆置的菜蔬、魚貨、肉品，偶見一張熟識的面孔，直覺就是頷首微笑，然後擦身而過。在如此擁擠的市場，腳步稍一停歇，背後一隻隻等候不耐的眼神，即刻如萬箭穿心般的直射過來，讓人感到渾身不安。

突然，一個熟悉的身影躍入眼簾，有點佝僂的身影，仍是一件黑底帶灰的長褲，上身是件有著紅色領子的藍夾克，閃著油光的長褲應是久無換洗。他手中拎著一把黑色雨傘，挨擠擠的在每個攤位上磨蹭遊走。想到就在上週日，我樂當「孝子」，為兒子騎車到車站旁買飯糰時，多年前，曾是我頭頂上司的他，也正在那兒等候飯糰。我禮貌性的向他微笑頷首示意，他一臉迷惑，不置可否的眼神，讓我很篤定的告訴自己，他已忘了曾有過官屬之誼的我，這樣也好，讓我對下台後的他，那一身已失去優雅的穿著，有了更釋懷的理由。

居住的地段屬文教社區，地靈人傑，以我孤陋寡聞的個性，就知曾站過台上或現在位居台上要角的，應該不下十數位。雖然同住一個社區，但平時鄰居不相往來，路上相遇，也是點頭而過。白天各忙各的，鮮少有碰頭的機會。一到夜晚，即使冬夜冷瑟的北風呼呼，出門抖摟抖摟身子，或夏夜受不住室內悶爐般的燠熱，出門放風散心，常成了我一天中最大的期待。偶爾在社區的巷道碰著他們，常見夫婦倆鶼鰈情深，兩人並肩相偕散步的有之，一前一後騎車運動的有之，基本上皆維持相敬如賓的距離。

但也有例外的，就曾被我瞥見已屆耳順之齡的一對，在不甚明亮，但路人來來往往的巷道，站在台上的老公竟然牽起身伴的手，無限愛憐的輕撫著，嘴裡呢呢喃喃的不知說著什

麼，即使外界對其隱密的居家生活並不感到樂觀。那一幅鶼鰈情深的畫面，一時竟在我的心湖激起了陣陣漣漪，濺起了欣羨的水花，但也感到納悶十分，宛如身墜幽深漆黑的洞底，雖聽得遠方傳來聲聲呼名聲，但千手萬手，卻尋不著一條出口般的惶惑。一次午夜靈光乍現，憶及多次在夜市水果攤上，看到被小夜燈照射的芭樂，那鮮綠翠玉般的顏色，引發而至的青脆甜美口感，總讓我毫不遲疑的把它買回家。回家後，才發現褪下夜燈光環後的芭樂，與白天所見並無兩樣，並沒有想像中的好吃。

原來台上台下兩般風景。身在台上，在絢爛光環照射下，是聚目的焦點，眾目睽睽之下，身段優雅不優雅成了議評的重點。在樹高臨風的台上飄然境界，即使遇著莫大的橫逆，為維持那優雅的身段，也能夠氣吞山河，發揮動心忍性的功夫。殊不知台下的人生，那才是人性見真章的舞台。曾見過台上意氣風發的要角，下台後，一雙泥腳趿拉著藍白夾腳拖鞋，一件寬幅短褲，風塵僕僕的踩著一輛嘎啦作響的腳踏車上街，初看之下，對前後判若兩人的身段風格，不敢置信溢於言表。再見到他，就在社區的邊圍菜園裡，正忙著彎腰拔草澆水，烙著風霜的臉龐，雖不復過去的奕奕神采，卻寫滿陽光的笑語，逢了人，含笑點頭如久別老友，即使我與他素昧平生。就在那一個陰霾的早晨，一顆心彷彿被陽光親炙般，感到格外的暖洋洋。

人生舞台變異無常，生、旦、淨、末、丑，怎樣的場景，怎樣的角色，怎樣的身段，如何演出真我，活出自在，那才是舞台演技的登峰造極。

意亂情迷

摯友新購透天屋宅一棟，就在臨海村邊，從門前遠眺，海堤近在咫尺，隔海遠山朦朧，近水濤聲澎湃，視野相當遼闊。陽台上，黃昏可觀落日，夕照下，海面上一片金光粼粼，好像聚寶盆發出的閃閃紅光，煞是美極；一到夜晚，挪把椅子，前可欣賞金廈海域夜景，霓虹燈景閃爍，上可仰觀滿天繁星如斗。悠悠美景當前，忘了世間煩惱憂愁，今夕是何夕？連住在隔鄰的好友幼兒都要問：「媽媽！為什麼這兒的星星特別大？」好友傾一生之積蓄，購買當下屬意的新屋，從此陶醉在看山看海的神仙日子裡。

新購房屋，仿如人剛初生落地，一切都得從頭開始佈局。從量製窗簾、裝設冷氣、熱水器、採光罩、……，到傢俱的選購，林林總總，千頭萬緒，忙得她人仰馬翻。我陪著她走訪傢俱行，參觀過一家又一家，每看完一家，她就有新的佈置點子萌生，反反覆覆，很難定奪。這天，她湊巧因事赴台，在另一位朋友的介紹下，進入一家頗具規模的傢俱行參觀。甫進門，一股塑膠合成氣味迎面撲鼻而來，讓她不由自主的打了個寒顫，下意識的直覺讓她猛皺眉頭，心中已暗下拒買的決定。

展示廳裡羅列的沙發、床組、餐桌椅、……，應有盡有，為了不辜負朋友的好意，她在廳裡象徵性的逡巡一遍，繞了一圈，走馬看花之後，意志仍如磐石般堅定，絲毫未改變初進門時的決定。稍後，前來招呼的店員，亦步亦趨的緊隨在她身側，對著這店裡唯一的買客，鼓起舌粲蓮花，卯起勁來的介紹。

摯友聽著聽著，漸漸卸下心防，竟在離開之前，洋洋灑灑的寫下了一大串的傢俱訂單，雖然未付分毫訂金，但可以肯定的，當下的她，對那初始並無好感的傢俱，到最後竟動了購買的念頭。直到她走出傢俱行，進入另一家傢俱行，置換到另一個「當下」的情境時，清醒後的頭腦，才覺知對前一家的傢俱動了買心，是一種多麼荒謬的想法。

所謂「當局者迷」，人常受週遭氣氛的影響，將自己的情緒融入其中，漸漸的渾然忘我，最後迷失了自己的原則與立場。燭光燈下，一束玫瑰、一顆鑽戒，在浪漫情愫的助長之下，多少情侶許下了相守一生的誓言。「海會枯，石會爛，愛你一萬年永不變……」，輕軟呢喃的吹進情人們的心窩裡，即使橫亙在眼前的是千阻萬攔的驚濤駭浪，但兩顆相守相護的心，卻像乘長風破巨浪的巨艦，彷彿經得起千年萬世的大風大雨一般，這不能不歸功於浪漫氛圍的催情作用啊！若問世間「情」為何物？想來只有一個「當下」可解啊！

人的情緒受周遭氛圍影響甚大，生氣如此，高興也如此。能夠在盛怒與狂喜之下，以平常心從「當下」抽身而離的人，我想此人有福了。

一對耳環

自從老媽走了之後，每一年的母親節都在黯然神傷中度過，有些許疼，也有些許悔，今年的母親節也不例外。學校裡舉辦母親節慶祝活動，孩子們忙著做母親卡、忙著做康乃馨花，當天還有孩子期盼的烤肉活動，平時很多神龍不見首尾，從未謀面的家長也都露面了。

孩子興高采烈的為媽媽獻上康乃馨花，雙手顫抖抖的端著茶盤，送上茶和蛋糕時，我佯裝忙著為孩子們拍照，但卻像一個失了魄的遊魂，在會場來回穿梭著。來參加活動的媽媽和孩子們，每個人胸前都別上了一朵紅艷艷的康乃馨，面對那一朵朵我親手教孩子們摺出來的康乃馨，自己卻缺乏勇氣，也在自己的胸前別上一朵。

兩天後的母親節，沒有孩子送上的康乃馨和蛋糕，摯友卻送了一對銀色，垂墜式的耳環，亮閃閃的在耳畔晃啊晃，在她的堅持之下，我勉為其難的收下了。其實梳妝台裡已有很多對類似那樣的耳環，只是每天在出門上班前，正如很多都會上班族的女孩一樣，面對那一櫥的衣服，這件穿了又脫，那件脫了又試，總要花個十來分鐘的時間在穿著上的打理，直到走出家門口，又折返回來……，還是搭條圍巾比較襯色吧……。

唉！女人的衣服永遠少一件，再怎麼穿搭都不對樣。面對那一對對的耳環，我的心境亦如穿衣服般，這對大圓環會不會太花俏？那對鑲紅鑽會不會太年輕？……，選擇之困難有如擇婿一般，更可惱的是，花了不少時間搭配試穿後，最後又回到原點，還是選擇自認為最安全的穿著出門。

人常作繭自縛，讓自己活在期待他人之中。穿衣不是以自己的舒適為考量，而是懼怕他人評分的眼光；減肥為自己身體健康的考量事小，害怕他人為自己的身材貼上「恐龍」的標籤事大。

殊不知一切痛苦的根源在自己，一切事物的善惡，皆是自己內心的反射。當你用怎樣的眼光去看待一切事物，事物呈現出來的假象，若符合你的期望，心是欣喜雀躍的；若未能符合你的期望，痛苦必油然而生。偏巧世間眼高手低的人居多，這條「不如意居十之八九」的人生之路，能不苦海無邊嗎？

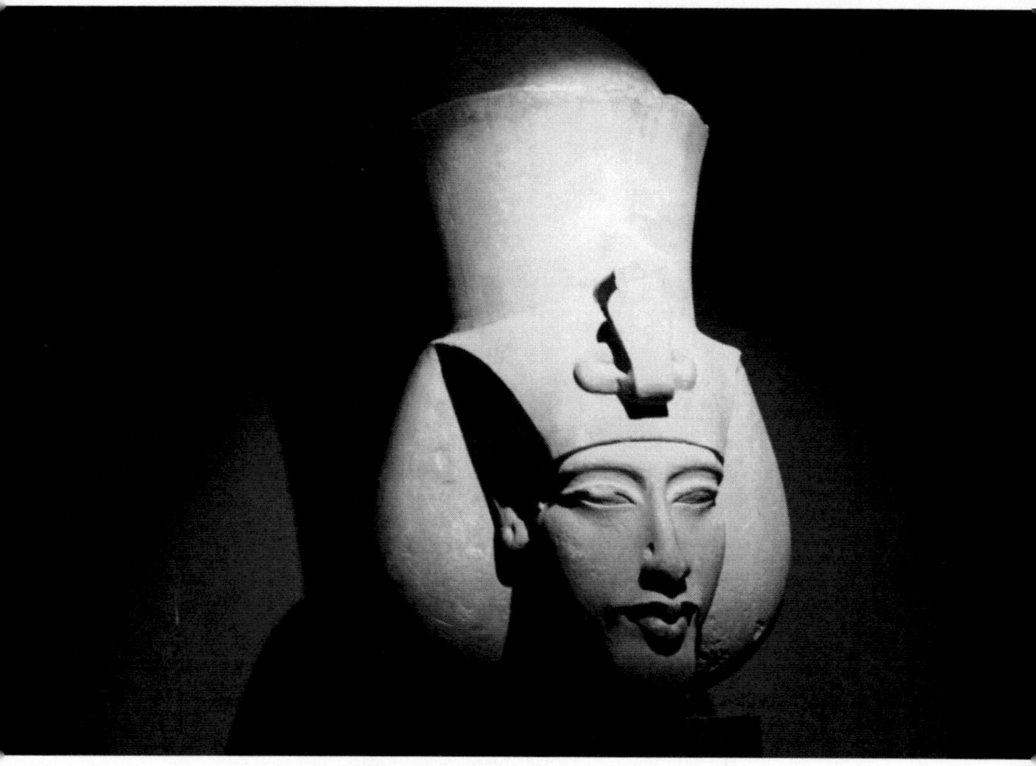

帶一本書

出門旅遊，很喜歡帶一本書，總想利用行車或候機的空檔，有本精神食糧可充飢，不但充分利用時間，更可以在人生地不熟的不安下，尋得一分自在。習慣了，每次準備行李，總會記得帶一本書。

但習慣也是會改變的。課堂上常叮嚀孩子要注意聽講，老師不喜歡囉嗦第二遍，這一遍若沒聽到，你的損失可就大了，至於在桌底下「混水摸魚」的事，隨時都可以做，不必在老師講解的時候做。

用在旅行上，何嘗不是如此呢？走一趟這輩子可能只去一次的地方，一切都是新鮮的，這回錯失的風景，下回不可能再重遊，可是書隨時都可以看，不一定要在旅遊的時候看啊！一轉念，出門旅遊，漸漸的就不帶書了。沒書看的時候，就看周遭的景物，一花一草一人一物，都可以從中觀察揣摩出一個故事來，即使是行車路上的單調風景，也可能此生只看這一回，那何不放下一切，盡情的欣賞呢？

農曆七月一過，隨著入秋也帶來了結婚的旺季，紅炸彈滿天飛揚。像我這種向來深居簡出，既無富貴可攀，更無權勢可附，「紅炸彈」視之為絕緣體的人，一年當中被炸到的次數，實在比買樂透中獎的機率還低。也因之故，偶爾出席大場面的交際應酬，就深深覺得是時間與精力的浪費。這次第一回要喝學生的喜酒，心中深感喜悅，破例帶著滿滿的祝福欣然出席。

枯坐多時，近百桌的酒席，已坐了約八成的賓客，整個大廳是鬧哄哄的一片。放眼看去，全金門的文教政商權貴全都來了，有的閒啃瓜子，有的口沫橫飛的聊八卦，說到激動處，聲大如鐘，一桌還比一桌高昂，仿若菜市場裡菜攤老板的較勁景象，熱鬧極了。人人望穿秋水等著上菜，奈何久久不見新人進場。

向來就不喜廝談的個性，在如此喧鬧的場合，越發感到枯坐的侷促與不安，讓我不覺想起上美容院整理三千煩惱絲時，信手拈來即有當期的雜誌可看，即使是一些缺乏營養的週刊，亦足以讓人在不耐中尋得一分自在，很多的小餐廳不也是有如此貼心的服務嗎？為什麼像這種費時頗久的大喜宴，竟然沒有一本書呢？想著想著，不覺啞然失笑起來，因為吃喜宴看書，應該是多麼突兀的一個畫面啊！

習慣是可以改變的。雖然出國旅遊已不帶書了，但參加喜宴，與其每次的風景都是如此的千篇一律，下回再接到紅炸彈，被迫應景去喝喜酒時，就帶一本書去吧！

擁抱

日子一忙，學期又快至期中了，課滿檔的週五，忙完了教師又兼褓母的工作後，正準備打包回家，一群身穿國中運動服的男女學生，蜂擁而入辦公廳，齊聲喊：「老師好！」我一傻眼，錯愕中夾雜著驚喜，是帶了六年，上學期才畢業的學生，今天來看老師了，看到他們那真摯的笑容，再聽到他們爽朗的叫聲，我走上前去，有著要將他們一一擁抱入懷的衝動。

擁抱，對我而言，在過去就不是生疏的「名」詞，但卻是一個陌生的「動」詞，它就像掛在牆上，只可遠觀而不能褻玩的名畫般，是那般的遙不可及。大半輩子以來，曾被我擁而入懷的人，區區可數，即使親如老爸老媽，記憶中也未有將他們擁入懷抱的印象，不是沒有那情愫的衝動，但總是礙於理智的作梗，機會就這樣一次一次的溜失，現在老爸老媽走了，遺憾也成了心底永遠的痛。人生的路，只有向前，無法回頭啊！

漸漸的能放開自己，會有擁抱的勇氣，那不是沒有原因的。摯友是一個非常感性的人，每次兩人促膝深談後，如剝蒜般，一層一層的剝掉被社會世俗包裹的假相後，越發的看見那個真正的自我，內心的欣喜是無以名狀的，最後，我們會以緊緊的擁抱做為離別，期待下一次的相見。情緒低潮或碰到困境時，在抽絲剝繭後，尋得一個情緒的出口或解決的辦法後，緊緊的擁抱更讓我們深信人生沒有撥不開的雲霧，鏟不除的困境。漸漸的，從開始靦腆的擁抱，一次，又一次，現在的我，不再只是等著人家的擁抱，而是滋長了擁抱他人的勇氣。擁抱，是可以學習的。

愛的種子是可以播種的。許孩子一個敢於說愛、勇於擁抱的未來，就從每天給他們一個緊緊的擁抱開始吧！相信六年後，他們畢業後回來看老師時，不再是等待老師去擁抱他們，而是主動的來擁抱老師哦！

與書戀愛

一早進辦公廳，赫然發現桌上一大箱書。一看，果不其然，是朝思暮想等待了好幾天，在網路上選購的新書。喜孜孜的拆封，按捺不住心中那股狂喜，仿若拆卸情人從遠方寄來的信一般。翻閱著那一本本自己精心選購的新書，渾然忘了時間的消逝，催喚上課的鐘聲已響遍了整個校園。

什麼時候愛上看書已無跡可尋，看過的書，在腦海中留下印象的也不多，總是停留在似曾相識，有著孟婆湯入口卻未入喉的感覺。不似摯友W滿屋子的書，隨意擒起一本，總能侃侃而談，滔滔不絕的說上一大串心得感想，對書中的詳情細節，更是字字精剖，句句瞭若指掌。看書的本事不如人，從書中所得的也有限，但還是莫名其妙的愛上看書，就像無厘頭的愛戀上一個人一般，沒有理由，更說不清道理，那是一種只可意會，不可言傳的心靈悸動。

白天忙著忙著，能抽得一點細縫空檔，總想坐下來歇腿喘氣，那時候的書，是高閣的天窗，只能遠觀而無暇近狎。只有等待一天的工作完緒，理妥應做雜事後，在明亮的室燈下，捻亮床頭橘紅色的夜燈，放上一片柔和的CD輕音樂，坐在床邊沙發椅上，才得以徜徉在書的國度裡，那是一場與書戀愛的甜蜜約會。

有人說世上有兩件事，會讓人產生有益身心健康的多巴胺，振奮精神與提升工作效率，那就是戀愛與看書。但與情人戀愛，是可遇不可求的，若不是落花有意，流水無情，便是使君有婦，羅敷有夫，要成就一樁美緣，是必須於前世就向上天預約的。與書戀愛，則是一件隨興的予取予奪，完全由自己主控，不會受傷，更沒有失戀之虞的美事。

書它不求任何回報，不像情人總是在感情的天秤上，錙銖必較付出與收回的經濟成本。只要別在書本相關知識的外圍構築高牆，別問細微的問題，別給小小的作業，別在讀過的章節中擅加任何字眼，別作任何價值判斷，別解釋單字，別分析文章。簡簡單單地讀，相信你翻閱的每一頁，相信搖頭晃腦時的陶醉，相信與作者心領神會、靈犀相通的剎那，很多人生的問題都會得到解答，而且還會衍生出令你感到有趣的一連串問題。

最重要的不要對書本深感不快，只因它不能馬上學以致用。就這樣輕輕鬆鬆的，好好的與書談一場一生一世的戀愛吧！

感動力

上市場，不全然是為購物買菜。金門的超市仍未若臺灣的便利，抓著了週休二日，不上一回市場，好像就愧對頭頂上那「家庭煮婦」的封銜，交不了差似的，所以不管冰箱裡是否仍有庫存，逮著了不必朝七晚五的休息日，一睜眼，必定往市場走一遭。

循往例，搜尋著每一菜攤，當季的魚肉生鮮蔬果，談不上應有盡有，但對一個基本上並無太大口腹之慾的人而言，已算是滿坑滿谷了。口袋裡不乏叮噹作響的孔方兄，但難的是買什麼？入廚後如何調理佐配？如何讓家中數張易牙之口吃得流涎滿桌，大呼過癮？思量著、思量著，「小姐！買蕃茄……」，一個年靠六十的阿嫂，一臉笑意用手招著我，我頷首微笑，趨前駐足一看，滿地的紅蕃茄，但仍無購買的欲念。「很甜、很甜……」，一邊說著，一邊拿刀切起蕃茄來，然後硬塞至我的嘴邊。瞧她那一臉的誠懇，大有「不甜不用錢」的篤定，我搖頭示意，試吃不用了，我相信很甜就是了。隨意撿了十幾個蕃茄，也沒跟她稱斤論兩，就付了錢，回程中才猛然想起，昨天在水果攤買的一袋小蕃茄還放在冰箱裡。咦……，再亮眼檢視，袋中裝的不是蕃茄，應該是滿滿的感動吧！

作家平野秀典在「感動力」一書中說到：二十一世紀是不戰而勝的時代。既不是用「權力」或「戰鬥力」來指揮管理人，也不是用「感情操作」來要人效命，而是用「感動力」來打動人心，讓人心悅誠服、願意努力。

週遭很多生活的例子，拿到麥克風就想當老師的人比比皆是，殊不知道理人人皆懂，但官腔的訓話沒人願意聽，透過聲威與權勢的疲勞轟炸，只有適得其反，更讓人萌生厭惡之感而已。如何誘發一個人內心的感動，讓人在獲得一份尊重之下，肯心甘情願的付出，那才是一個值得深究的問題。

排隊

網路上的網友把台北正如火如荼舉辦的花博戲稱為「人博」，言下之意，「人山人海」也不足道其人潮之洶湧，我思量後不禁莞爾，心想若用「人搏」或許更為貼切。在這個人滿為患的擁擠社會，出門所到之處，若沒有一絲的體力與人搏力，那必是無處可遊，無處可去啊！

學期中，有幸能擱下公職課務，赴台一睹花博之盛況，行前道聽塗說，繪聲繪影如歷在前，但個性向來不聽耳傳，只信眼見的我，對滿城飄言謠語，仍如高山般穩如磐石，心中暗自盤桓著：「耳聞不如眼見，只有看到了，那才是真的。」

九點才開放入園，隊伍從什麼時候就開始凝聚成行，不得而知。只知近入園之時，一個偌大的球場，人潮已經折行成排，把整個球場密密麻麻的佈滿了，即使四排齊進的速度，也在球場上折返了無數趟，方擺脫排隊等候的焦躁與不安。好不容易挨進了園，那才是惡夢的開始。放眼望去，所見之處花團錦簇、綠意盎然，一片花紅草綠的清新美景當前，奈何遊人無心駐足欣賞，人人邁開雙腿匆匆往前奔，奔哪兒？做什麼？原來啊……，排隊去！園外才經歷一場排隊的惡夢，進得園來惡夢續攤，花了漫長時間排隊竟是為了要去排隊，想來多荒謬，也很好笑！

大家放下身段，卯足腳勁，奮力往前奔，運動場上百米的競技場面也不過如此，無怪乎有人謔稱逛花博得先練跑百米的腳力。迎頭追過一個一個的競奔者，心中不覺暗自竊喜，彷彿「夢想館」的門票已穩券在握，但……，排隊隊伍的盡頭啊？蜿蜒曲折綿長無盡的人龍，竟尋不著人龍的盡頭，莫非全台北的人都傾巢而出了？第一次震撼到那無邊無際，看不到隊伍盡頭的驚慌，恍如深溺水中，卻抓不著那一根求生的浮木一般，難求那一絲絲空氣的殘喘。

驚甫未定的尋得了隊伍的盡頭，正雀躍隊伍緩緩的在往前挪動，誰知沒一會的工夫，一顆才燃起如火般興奮的心，瞬間如洩了氣的皮球，廣播傳來預約票全部發送完畢的消息，人人一臉頹喪，只好在驚呼聲中，各自默默的作鳥獸散……。

人龍盤踞了每個館前的空地，無一館例外。台北人習慣排隊，無處不排隊，排隊好像已成為他們生活的一部份。聽得有人為搶購演唱會門票或某一商品而漏夜排隊，或是為睹某一歌星風采而長駐戶外，對台北人而言，不足為奇。但對相對有些沈寂安靜的金門人而言，那是天方夜譚的另一章，足以成為島上人們茶餘飯後的話題。

自小生長在島小人稀的金門，印象中沒有冗長排隊的噩夢，最深刻的要算一次上花崗石醫院看診的經歷。初春時節，為了產檢，特例請假前往，冗長的掛號隊伍中，不時傳來一聲一聲的咳嗽和擤鼻涕聲，可以想見來排隊掛病號的，皆是因病而來。不到半小時的掛號等候，雖如願的完成了例行的產檢工作，卻也帶回了因排隊被傳染的感冒回來。

對排隊產生反感，除非萬不得已，否則只要是需要排隊的，寧可捨其排隊的誘因，而不受排隊之苦。曾受業於一位頗有理財頭腦的美學教授，她就曾語帶詼諧的說：

「路過樂透行，不用排隊時，當然要買一張啦！」排隊給人的不良印象，由此不必言宣即可分曉，理財也需有審美的觀念，難怪教授臉上永遠散發著奕奕的神采。

排隊的後面其實蘊含的就是一個「搶」字，因為僧多粥少，為避免造成表面上的不公，所以有排隊的發明。金門人雖沒有台北人排隊的功力，但每逢過年過節，過去沒有飛機的往返，在台灣的遊子像候鳥般齊聚高雄，搶搭船返鄉，那如逃難般的畫面，是五、六十年代金門人的噩夢；如今有了飛機的便利，預訂返鄉過節機票的兩個小時，電話、電腦全擁塞當機，亦成了金門人揮不去的噩夢。兩者的夢境雖有不同，但仍是一個「搶」字，大家都感同身受無形排隊之苦。

過去周遭眼見之人，不是同村，便是同鄉，皆是熟識之人，人不親土親，見面禮讓三分，什麼都好說，何需用排隊來折耗彼此的時間與精力？如今交通便利，金門已不再是過去那閉塞自守的小島，周遭生疏面孔日漸增多，排隊之風氣也漸受台北濡染而為人們所接受。一次轟動的相聲演出，破例和年輕同事在開演前一個半小時就去排隊，排隊的人群，大部份是金門唯一大學的學生，大家循規蹈規的依序排隊，沒有發生中途插隊的口角或糾紛，不過倒親耳聽到一位來看第二次表演的學生，對第一次排隊的經歷有些抱怨，再看到一個手吊三角巾繃帶的年輕人，在志工的邀約下，眾目睽睽之下，順便的把另一個同伴先帶入場的畫面，不免讓人想到排隊的後面，是不是還有很多不為人知的一面？

早餐的約會

自忖不是一個盡職的母親，在工作與家庭兼顧，蠟燭兩頭燒的情況下，常出現捉襟見肘的窘境。在身心俱疲之下，只好權衡利害關係，忍痛犧牲了孩子應得的部份幸福。

每天早上總在鬧鐘催叫聲中，帶著惺忪睡眼，渾沌的頭腦，匆匆趕著上班，孩子的早餐只好任其各謀解決之道。多年以來，餐桌上的豐盛又營養的愛心早餐，一直是我這個做母親對孩子的虧欠，也是我一直想要去拼湊的幸福藍圖。

孩子漸漸大了，有了自己的想法，對學校的自費早餐，開始有了挑剔的微詞，所以早餐的模式，也從固定的方式，變成了打游擊的野放模式。孩子有沒有吃早餐，成了每天晚上我必關懷的功課，但對於他們的每一次回答，也只是對這個不盡職母親的一點表面安慰而已，在我的內心深處，仍是被一隻愧疚的大黑獸盤據著。

不知從何時開始，週休二日的前個晚上，在緊繃了一個禮拜的工作情緒獲得舒放後，兒子會語帶期待的跟我說：「媽媽……，明早叫醒我，我們一起去吃早餐！」我聽罷，望著兒子那日漸英挺而帥氣的臉龐，總也會在嘴角揚起一抹微笑，然後語帶曖昧的回答他說：「好期待哦！早餐的約會……」。

現在只要是撥得出空的假日一早，我們都會騎著腳踏車，到慣常的一家早餐店用餐，他點他的火腿蛋餅，我吃我的鮪魚三明治，再啜飲一杯燙舌的咖啡。店內的人潮來來去去，川流不息的顧客，影響不了我們低聲敘說的情懷，我們就這樣邊吃邊聊，像一對知心的朋友般，享受著這美好的早餐約會。

所以下回假日清晨，若再碰到我們倆匆匆的身影時，莫感到驚怪，因為我們一定是趕著要去赴「早餐約會」呢！

人生的功課

誤人子弟廿餘載，在熟悉的職場中，已練就了一身駕輕就熟的應對本事。但隨著時代的更迭，社會的變遷，教育理念的轉變，物換星移的推波助瀾下，讓人有著恍如隔世之感。當今的教育現場，很多的措施已今非昔比了，但在諸多未變的體制下，有一項仍承襲至今的，那就是小學生每天必有家課的規定，做家課似乎與小學生是劃上等號的。

十個孩子有九個半，對老師規定的家課，是抱著錙銖必較的態度，深怕老師規定多了，他們會吃大虧似的。遇到這種司空見慣的情形，無奈兼苦笑，也不能解釋我當時的複雜心情。每當夜深人靜之時，常捫心自問：「孩子怕做功課，大人何嘗不是怕做功課？」當然大人的功課，指的不是孩子抄抄寫寫的書面功課。人生有太多的功課，需要自己去琢磨，親自去歷練，方能學得其中的經驗，那是他人永遠無法替代的工作。

小時候，最怕出門要喊「阿姨」、「叔叔」，叫「舅舅」、「舅媽」，所以即使外面花花世界多誘人，卻寧可躲在家裡，也不願跟著媽媽出門。讀書階段，最怕跟老師說話，看到老師迎面而來，寧可繞道而行，也不願結結巴巴的回答老師的問題。

做了老師，孩子面前可以行雲流水般的引經據典，但碰著了開會的場合，則是噤若寒蟬，大氣都不敢吭一聲。即使腦中思緒清晰，道理條條俱在，但嘴巴卻常讓我吃盡「啞巴吃黃蓮」的悶虧。常想：這些一輩子都做不好的功課，是什麼原因讓我因循苟且至今？是不是我也像現在的孩子般，對做功課抱著錙銖必較的態度？所以一天混過一天。

每個人終極一生，營求的莫不是一個人生的大圓滿。在這個大圓滿中，是由無數的小圓所拼湊而成的，每個小圓就是你一生中必做的功課。有人得天獨厚，一路順暢，在短時間內終得人生之大圓滿；但也有人極盡坎坷之能事，一路跌跌撞撞，功課永遠是處在缺交、遲交的狀況下。何者為幸？何者不幸？答案見仁見智，因為每個人思考的層面與角度皆不同。

我何其有幸，上天讓我得以有更多的空間與機會，去重新思考我的人生方向，重做我很多不及格的人生功課，讓它更趨圓滿。

遲來的驚覺

看似八十靠邊的老太太，每天一早就到學校的運動場散步，瘦削的身子，頭髮稀稀疏疏的，在後腦勺盤了個髻，一般老人家穿著的青灰色衣裳，走起路來尚屬穩健。瞧她兩腳踩著步伐，雙手也不忘往上伸舉，配合著做伸展操。

我從車棚走出來，她也正巧散完步要回家，兩人就在場邊遇著了，晚輩的我，不忘禮貌的先和她打了聲招呼。她絮絮的說，一大早睡不著，出來走走。我應她：「愈走愈健康，阿婆好年輕！」羞赧中帶著幾許無奈：「九十好幾了，還不死！」語氣中有著拖累子孫之憾，令人聽了頗為傷感。我安慰她：「是阿婆的福氣，不關子孫的孽。」她好似溺在急流中抓著一塊浮木般，臉上稍微有了些釋然與笑意。那天，我神氣了一天，也歡愉了一天。

接著，偶爾在場邊碰著她，就會跟她寒暄幾句，無非是一些「今天風有些大」、「早餐吃了沒」一類的話，短短的幾句對話，成了文章裡的幾個副屬句子，可增可刪，沒多大的意義。日子一天天過，教室牆壁上的日曆，被小朋友撕薄了。

突然有一天，望著運動場上嬉鬧的孩子，我的心頭猛一震，像失魂後回過神的乩童：「啊！阿婆呢？」多久沒看到阿婆了？三個星期？兩個月？搜遍腦海，就是想不起來。跟孩子探問，同村的孩子唯唯諾諾的，也交代不清老師要的答案，但從雜七捻八的竊竊私語中，隱約可知阿婆只是不方便出門而已。

慶幸中夾著些驚慌，酸楚的鼻子讓我紅了眼眶，像迷失在十字路口，沿途喊娘的孩子。之後，村中陸陸續續的辦過好幾場出殯喪事，每次看到哀戚的送殯行列經過校門口，一列披麻戴孝的家屬賓客迤邐而過，我的一顆心就往下沈，除了默禱阿婆仍然健在外，也時時叮嚀著孩子，要多陪爺爺奶奶說話。

人驚老

學校走廊上，新掛了一些閩南語的俚語，有一則是這樣寫的：「人驚老，錢驚討，秀才驚歲考。」除了押韻，唸起來順口外，內中更有著深入淺出的哲理。

記不得從什麼時候開始，上市場買菜，在買與不買之間，是用老板叫客的稱呼來決定的。「阿嫂！買排骨！」那矮短身子，鮪魚肚，頭頂微禿的老板，賣的豬肉跟其他攤子一模一樣，都是今天現宰的貨色，但稱呼的語氣不對，掉頭就走。

「小姐！來買蚵！」口語雖有些虛假，但聽了舒服，趨前看看，海蚵雖不挺鮮，孩子們也嗤之若「鼻屎」，炸道海蚵酥，或配豆腐芹菜，自己一個人獨吞也高興，買了買了。唯獨那阿伯，稱呼更是特別，每次「妹妹！要買什麼？」那一聲「妹妹」，絕無輕佻戲侮之意，像在叫自家妹子般的誠懇真切，只要經過他的攤子，定買齊採辦的菜，不做第二攤想。

這種隨緣買菜的方式，著實讓自己失笑了好一陣子。一次違規停車被開罰單後，改騎腳踏車上市場，阿伯的攤子再也不是順路了。再逛到阿伯攤子前時，太陽已不知在天空晾了多少回？竟然遍尋不著阿伯的身影，一陣驚慌，探問之下，方知阿伯罹絕症過世了。心一陣茫然與酸楚，時光易逝，豈只匆匆？他日，滿街都是「阿婆！要買什麼？」時，人豈能不食不飲，坐以待斃？接受「老」之將至，應該是每個人必修的功課吧！

寬容即是福

市場是一個大社會的濃縮，龍蛇雜處外，亦可窺視到人性的諸多面貌。

女兒上課要用時產現採的桑椹，斤數不少，我衡諸其能力，最後決定這個老媽親自出馬，幫她辦成。市場晃了一圈，總算尋到一個臨時地上攤，近七十邊的阿伯，熟悉的臉孔，常見他肩挑一些袋子，在巷弄裡叫賣，賣的無非是些地瓜葉、九疊塔，自家種的一些菜蔬。他捧著一盒像黑炭般的桑椹給我看，嘴裡喃喃的說：「是新改良的品種，很甜哦！」

我望一眼他那粗糙的雙手，心想：兩斤重的桑葚，不知要花他多少時間才能摘到？聽他解釋的口氣雖然有些虛假，但不忍拆穿它，我只表明要的斤數仍不夠，他從背後的一個袋子，雙手微顫顫的又取出一盒桑葚，顆粒小外，盒上還矇著一層霧氣，明白是從冰箱取出的，他看我沒有猶豫的模樣，言明兩盒價錢相同。

當下，也沒跟他稱斤論兩，就如數的付錢給他。回程中，百感交集，原來周遭還有那麼多人，為了一日三餐，上山下海，一粒桑葚、一顆海蚵慢慢的在採、剝，那區區的幾百元收入，可能就是他們全家一日的溫飽來源，但對衣食無缺的我而言，卻有如九牛一毛，所以即使讓阿伯笑我是個購物白痴又何妨？

川流不息的市場，遇著了同事，她鼓起三寸不爛之舌，推薦某個水果攤的鳳梨值得一嘗。向來買東西很隨緣的我，再加上做事有股初生之犢的脾氣，我找到那水果攤，攤前已橫七豎八的停了好幾輛機車、腳踏車，擠滿了多人在等候。

心想同事所言應不虛假，當下做好排隊的打算。把車才停妥，隔壁雞肉攤後，一位已上八十的阿公，福態的坐在椅上，手邊拄著一根拐杖，寒著臉問：「你要買雞肉嗎？」我羞赧的向他搖搖頭。「不買，就把車停到別邊去！」口氣中有著不容商量的意味。我一嚇，原本有些羞赧的心，轉而成了傷感。再細看，不見平日笑容滿面的老板娘身影，想必阿公只是暫時幫忙看顧而已。

為免惹上更大的是非，我只好靦腆的牽著車走了。回頭再望，五味雜陳，有沒有嚐到美味的鳳梨，那已無關緊要。驚愕的是讓一個年長者，突生如此心窄量小之舉，才讓人好生難過。從此時時警惕自己，人生在世，對待萬事萬物，若沒有一顆寬容之心，即使活得再久再長，不快樂也是枉然啊！

一份尊重

相處了六年的孩子，師生脾氣都摸得混熟，一個眼神或一個動作，總能八、九不離十的猜出幾許。小一至小五，亦步亦趨的緊盯著他們，深恐小樹苗斜發歪長，走錯了人生的方向。上了小六，給了他們較大的自主空間。視每個人當天的學習心情而定，座位自由選擇，每天都可更換，以早到的先選，晚到的則別無選擇。

約法三章在先，不可幫他人佔位，上課要專心，不可與鄰座交談而誤了學習，若被老師糾正，則禁行此項權利兩個禮拜。孩子一聽，全班譁然，喜形於色，有若久錮的籠中鳥被釋而出。原以為如此座位解令頒佈之後，孩子一定會搶後面的座位，上課打起混來。結果竟出乎意料之外，最後面的座位，常是留給最晚到的同學。

一學期實施下來，全班從未為座位問題產生紛爭，週記簿上盡是要好好珍惜剩下不多的同學相處時光，全班和樂融融。更妙的是發現孩子仍有固定喜好的座位，在我聲聲叮嚀要左右交換坐才不會斜視之下，才見他們每隔一兩個禮拜的座位大搬風。其實這跟之前固定座位，兩個禮拜移動一次的安排，仍有不謀而合之處。原來孩子坐哪裡都不重要，重要的是他們需要老師的一份「尊重」而已。

學校裡的孩子需要老師尊重，家中的孩子何嘗不是呢？小時，家境困苦，常為學校臨時要繳交的費用，向老媽要錢而惱，屢為「伸手牌」的惡夢所苦。做了孩子的娘後，深知那向人伸手的苦境，所以從孩子唸小學開始，就闢了一個專用抽屜，裡面放著數百元不等的零錢，外加一本登記簿。

孩子需要錢時，登記用處後自行取用，若需用大筆錢數時，再向爸媽提用。每隔數日或一個禮拜，檢視一下錢數少了，再補充即可。實行多年以來，少了孩子三不五時伸手要錢的麻煩，也養成了孩子誠實的好習慣，我想孩子要的也是一份「尊重」吧！

童言童語

學校的午餐，三菜一湯外，有時還外加水果，少部份的孩子除了對青菜較「感冒」外，其餘的菜都能添得桶底朝天。一天，詩婷請假未到校，算人份的炸雞塊，我添了一塊後，還剩一塊，就問：「詩婷的份誰要？『有肚量』的自個兒來拿。」全班啞然，這時突然聽得昱維悄悄聲說：「詩婷的『糞』誰敢要？」一時，全班嘩然，繼而哄堂大笑，假嘔聲不絕於耳，做老師的我，也吃了一餐五味雜陳又啼笑皆非的午餐。

把全班帶至保健室做視力檢查，這個非醫療系統出身的老師，對那些缺口又上又下，忽左忽右的視力表深痛惡絕，一邊指著E，一邊還要偏頭看孩子比的手勢，做搖頭運動，把脖子都快扭成麻花了，內心深感苦惱，所以邊測量邊調侃孩子，碰到視力差的，就用曖昧的口吻說：「你跟電腦約會的時間太長了，難怪霧裡看花，匏仔看做菜瓜。」

碰到視力較佳的就說：「你跟電視不來電嗎？真是好眼力，將來一定會選個好對象。」輪到翊慈時，原以為視力應屬於霧裡看花一類的，沒想到卻是好眼力一族，我正在思索著如何替她歸類，韋綸開口了：「她打電腦都是打上下左右的。」納悶一會後，突然心領神會，把老師笑彎了腰，才知道平時不苟言笑的韋綸也有幽默的一面。

兒子浩平向來就風趣有加，常把老媽我逗得哭笑不得。一天，他問我：「打噴嚏時，為什麼要閉眼睛？」我思索著打噴嚏有閉眼睛嗎？那種窘境，正如問留鬍子的人睡覺時，鬍子是放在棉被裡，還是放在棉被外一樣。我百思不得其解，心想是不是又一題腦筋急轉彎，這回可不要再被他給耍了。

他一臉莫測高深的瞇眼望我如大佛，最後娓娓的說：「因為怕眼珠子會噴出來。」聽罷，噗哧一笑，一日三大笑的功課，他幫我完成了一樁。

輯二

繪聲繪影

竹本小姐

作家簡媜說：「說自己聰明，需要勇氣；承認笨，則需要智慧。」以多元智慧的觀點來論，人無所謂的聰明與愚笨，人之所以有優與劣，那只是先天潛能與後天術業專攻的不同罷了。不過知道自己在某些部份是聰明的，在某些地方是愚笨的，那何嘗不也是一種聰明？

「３１５１７２６１１５１２」，黑板上一串無厘頭的數字，令誰看了，都為之糊塗，……，原來是午餐過後，班上有潔牙的九個孩子座號。小一的孩子，沒有間隔與頓號的觀念，繳來的作業，即使提醒再三，這種寫成一團、一串，令老師一頭兩大的情形，是司空見慣的家常便飯。

自小對數字就相當敏感的我，過目的數字，只要具有意義的，常能牢記腦海，久久不忘。小時，老媽常把我當記事簿用，每遇特殊節日或重大事件，需要記住的，總是一句：

「記得哦……，那一天要……」，小小腦袋瓜總能不負所望，在緊要關頭臨時一提，完成使命。如今每天檢查孩子的作業是否繳齊，只要我翻過作業一遍，即可十拿九穩的讓那缺交的原兇現形。

記憶力之所以不遜當年，原因不明，可能是班上孩子數不多外，也可能是拜小時餐桌上有雞吃時，老媽總是把那小小一顆紫色的「雞記啼」讓我獨吞的緣故吧！不過記憶力也因專注點的不同而有差別，該記的不會忘，會忘的永遠記不得。問我到班上孩子住家的路怎麼走？只要是我曾登門家訪過的，必能指證歷歷，鮮少失誤。問我幾個月前購置的冰箱、電腦多少錢數？一問三不知，大錢數如此，更甭提這件衣服、那個鍋子的來龍去脈了，腦中空白仿如昨夜吹過的風，一陣呼呼作響過耳，卻不留一點蹤跡。

人的記憶力之所以會隨著年齡增長而遞減，原因應該是複雜的。能力的退化是主因，但年紀愈長，閱歷愈豐；權勢愈大，管理愈雜。以有限的腦容量，要看管記憶日益增多的龐雜事務，發生漫不經心的機率，想當然耳就愈高了。簡單的說，一個簡單的鎖門動作，操作一次，一百次，甚至一千次，其記憶是不同的。操作次數愈多，愈顯見其平凡，發生漫不經心的機率就高，隨做隨忘就不稀奇了。難怪人生的每一個第一次，都是那麼令人記憶深刻，難以忘懷。

雖然對數字非常敏感，但在某些方面，我卻是竹本（笨）的。前陣子在年輕同事的力邀之下，一腳踩進了LKK族的禁區——「開心農場」。種菜、除草、除蟲、養雞豬、牧牛收牛乳、農作收穫、……，一道道農家樂的程序，難不倒我這個從小在農村長大的孩子，可惱的是那一個個的英文名字，每一串雖然都不同，但在我的腦海裡卻都是一樣的。笑話是這樣的，凡是邀我做朋友的一律同意，因為這種「四海皆朋友」的胸懷，朋友一個一個的增加了，其中一個格外熱情洋溢，三天五頭就送來擁抱一個，熱情之程度，讓臉薄的我還真的有點害羞，腦中的疑問盤旋多日，久久不得其解，心中甚為納悶。直到一次在農場的首頁看到她近距離的照片後，才恍然大悟，原來是多年前在學校代過課的老師。汗顏啊！簡短的十個英文字母，於我而言，竟如天書。

英文是我的死穴，常自嘲前世在中文的世界裡翻騰打滾，是不曾出土的中國死忠派，對外來的語言文字，格外生疏陌生，區區廿六個英文的組合，雖未若中國文字的汗牛充棟，但於我卻有如樂透中獎機率的複雜。英文名字如是，更遑論英文縮寫了，身體質數「BMI」三個字母，就可以讓我排列組合三、四種，但不知哪種順序才是正確？至於生活中常見的「PULL」和「PUSH」指示標誌，更可以想像我杵在「拉」與「推」之間的窘境了。

與英文是絕緣體，但卻常拖拉著行李，裝著一顆雲遊四海的心，勇闖非中文的國度旅遊。在鴨子聽雷的異域，充分發揮「一嘴兩耳」的人生哲學——多聽少說，即使糗事如戲，時時上演不斷，但對四處旅遊的興趣卻絲毫未減。因為我明白，既已失之東榆，豈可再失之桑榆的道理？人生苦短，聰明的人，絕不會因為上帝關了你的門，自己就連窗也不開了。

有著與我一樣喜好玩弄文字嗜好的咱們家二小姐，和身懷六甲的摯友深談後，傳了封簡訊給我：「生命很奇妙，或許有很多值得探討，但誰知道肚子裡孕育的是怎樣的故事？而母親就是一個故事的創始者。」令我看了，不覺為之莞爾。

43090679795803148123470423346942082844724110104562，一連串無厘頭的數字，於我而言，就是五個不同的生命故事，每個故事的演繹過程是聰明或竹本，我想只有他們自己知道。

值得疼惜的女人

世事冥冥之中皆有注定，相信蒼天是有眼的。

課堂上，轉身正專注的書寫黑板。「老師……」「老師……」「有人找妳……」「老師……」稚嫩的童音此起彼落。我回頭望向窗外，她來了，手中拎了一大袋的蔬菜，身上穿著是多年前我從衣櫃中淘汰，送給她的灰白色外衣，一件用白線繡著花草圖案的薄棉外套，腦後還是一頭未燙的黑髮，紮了束馬尾，髮上、衣服上盡是溼淋淋的雨水，我瞅了一眼廊外，才知道自己太專注上課，竟渾然不知外頭下雨了。冒著這個入冬以來第一波寒流來襲，又下著細雨的早上，她為我送來了親手栽種的菜蔬，一股泫然欲泣的感動，讓我在匆匆送走她後，竟哽咽得不知如何向小朋友解釋這一切。

多年前，班上學生只有兩個是來自外配的家庭，她的女兒是其中之一。濃厚的大陸腔音，加上聯絡簿上簡體字的簽名，讓我對這個學生有了深刻的印象。多次的接觸後，從她健談的談話中，才知住在桂林深山鄉野的她，因為家境困苦，才會遠嫁到金門來。先生家族中有智障的遺傳，低學歷的丈夫，只能做小工，賺些薄薪糊口養家。家裡大小諸事，全都是她一人在打理，除了孩子的課業督促，甚至先生下工回來，叮嚀他換衣吃飯，也需要她像個母親般的催喚。

一早送兩個就學的孩子上學後，她帶著還未入學的孩子到城區打工，每天像陀螺一般的轉不停，她還在屋前的空地種了各式各樣的菜蔬。這樣勤快伶俐的女人，女兒卻遺傳了爸爸不甚靈光的頭腦，瓜子臉、黑黑的皮膚，有時綁了兩條麻花辮子，給人的感覺，有種久居深郊荒野的出俗，大概是那種與文明社會格格不入的隔閡，她的女兒成了班上較弱勢的一個，成績雖然總是吊在班尾，但班上的孩子倒也未曾排擠她，反而對她呵護有加，可能是孩子的世界仍不懂社會的世態炎涼，也或許是因為她仍不成氣候，構不成對他們的威脅，不論是學業上，或是其他任何的比賽。

孩子的課業跟不上，她多次的跟我說抱歉，說是她對繁體字認識有困難，課本裡的內容無法全懂，以致於沒有辦法在課後幫她的女兒複習，這種把孩子的不好，全扛在自己肩上的家長，在現今倒是越來越少見。每次聽到她說抱歉，反而讓我這個做老師的感到滿臉羞愧，像口袋中私藏了什麼暗寶，不肯拿出來，想在一個人的時候獨享一般。

多少次告訴自己，對這個孩子要多關注一些，但會不會讀書是天成的，屢教不會的挫敗感，也讓自己感到很灰心，多次望著孩子驚恐的眼神，直問自己，孩子得到的有比失去的多嗎？教育的目的若是為了求得亮眼的成績，卻逼孩子走入窄巷，惶惶不安終日，這樣的學習又有何意義呢？

女人的衣服永遠是少一件，正如房間永遠不夠用一樣。添購的新衣，讓我的舊衣成了無處覓家的孤兒。一次家訪中，環視被她整理得一塵不染、井然有序的居家，才知勤勞節儉的她，並不嫌棄穿過的舊衣，包括孩子的衣服都是別人捐送的。從此以後，只要是換季或清理衣櫃，整理出來的衣服，就往她家送，送了舊衣，她也總不忘拔些親自種的菜蔬讓我帶回。久了，我送衣服，她送菜蔬，好像成了禮尚往來的親密朋友，不像老師和家長。聊的不盡是孩子在學校的課業和家中的表現，也談些家常話、女人事，仿若姐妹般的親。

屋漏偏逢連夜雨，命運坎坷乖舛的她，丈夫竟在一次工作中，遭到怪手挖鏟的厚牆壓死，這晴天霹靂，恍如外天飛來的橫禍，一夕之間讓她頓失所依，嗷嗷待哺的三個幼子，最大的小學尚未畢業，最小的還未入學，孩子未來漫漫成長之路，叫身無一技的她如何承受與獨撐？班上孩子發動全校樂捐，但杯水車薪，如何能解久旱之渴？

再次見到她，人整整瘦了一圈，她說：三個月有若三年之久。言語之中，道盡了對丈夫的思念與孤單無援的哀痛，聽在我耳中，宛如針扎般的難受。問她，可有攜子回娘家或是改嫁的打算？她搖搖頭，哀戚的臉容，卻給了我一個堅毅的眼神。

一陣鼻酸與眼茫，我彷彿看到了蒼天之上，聖神頷首告示諸神，這個凡間的女人，理應得到眾神的庇佑與照顧，直到她在人世間的責任完了。

縱橫之間

在「炸油」新聞被炒得沸沸揚揚，人們已漸從警覺中鬆懈下來之時。一天，書店站酸了腿，走在那滿是書局招牌的大街上，疲憊乏力的身心，讓我急需搜尋一處，既可解決民生問題，又能讓雙腿歇息的好地方。

在滿街亮眼的招牌下，終於尋得一家頗具知名度，而且普受孩童喜愛的炸雞店。雖然「炸油」引爆而出的餘悸迴響，仍在腦海中盤旋不去，但不能「因噎廢食」的明訓，卻又與之互相拉拔著。當機的立斷讓我毫不遲疑的，邁著雙腿直上二樓。點了餐，環視整個用餐環境，窗明几淨的空間，柔和的音樂流瀉著，空氣中瀰漫著一股油炸香味……。但見兩人絮絮聊著、獨自一人捧書看著，更有孤單一人凝窗發呆著、……。

從落地窗往外眺望，街上川流不息的車潮，還有成群佇候在斑馬線兩頭，等待過街的人潮，在在的說明了這是一處頗富商機的街段，店裡的人潮之如過江之鯽，就不難理解了。

一邊撕啃著平日不常沾嘴的炸雞，一邊俯視樓下的街景，觀賞街上行人的百態，讓我在嬉笑怒罵中，有著身心舒放的感覺。看膩了街景，收回狂放的視線，斂回兀自發噱的笑容，我把目光聚焦在鄰桌，一位年已上七十的老先生，稀疏的灰白髮，鼻樑上架著一幅厚敦敦的眼鏡，從那閃著放大的瞳影，可以揣知是度數不淺的老花。

個子不高，約一百六十上下，算不得胖。他正專注的在一張白紙上畫著格線，粗短的手指穩穩的握住筆桿，看不出有一絲顫抖的模樣。一張空白的紙，仔細的尺量、點線，然後小心翼翼的畫上一條一條的線。專注的眼神，彷彿是個坐在教室裡認真學習的小學生。桌上還有一杯已插上吸管的可樂，一個暗綠色的背包，最引我注意的是那把摺疊的傘，想來他應該不是日落黃昏才出門的，更不是住在附近的人。應該是大白天就出來的，直到現在才跟我有著同樣的欲求，找一個不受打擾，可以自己獨處的地方，做一件還沒有完成的功課。

小心翼翼的畫好一張兩頁的格線後，瞧他把畫好格線的紙拿到眼前，左看、右端詳的，上上下下仔細看了好幾遍，應該是在檢視格線畫得是否滿意，雖看不到臉上的笑容，但從其眉宇間流露出的神情，應該是感到滿意吧！接著他從背包裡拿出了兩張寫著密密麻麻字的紙，看不清寫什麼，但從其字跡上看，絕非一般的電腦打字，而是手寫的字稿，那字體更不是時下一般學生喜愛用的超細筆寫出來的，而是粗粗的字體，我想應該是一位上了年紀的老人家寫的字。

是好友寄來的信？但看不到信封。是上課抄寫的筆記？整齊工整的字體，應該是在時間充裕的情況下寫成的，不像課堂上抄寫的慌忙。……，從種種的跡象看來，畫格線的目的跟那寫著密密麻麻的紙有關。很多的疑問懸上了我的腦海，我一邊吮吸著那超出我能負荷的大杯可樂，內心一邊兀自思索著。

研究每一個與我萍水相逢的人，似乎已變成我一個人獨處時的樂趣，答案就在天馬行空裡，找到了符合邏輯的理由時，內心不覺竊喜，有著不欲人窺的欣喜；理不清亂麻時，也讓我有著失落般的沮喪。但只要離開那交會的時空現場後，一切都將回歸平靜，剛才所發生的偵探推理戲劇，就如從身旁擦身而過的車輛，是灰色？是福特？是廂型車？號碼是×3×1？影像漸去漸遠，終至模糊，最後不復印象。

走出炸雞店，翻騰的思緒仍在纏繞……。孤單一個人，代表著無牽無掛；專注畫格線做功課，代表著一顆不捨學習的心，即使是年已花甲。想著想著，我的心中不覺油然升起一股敬佩之心，對一個專注畫著格線的老人，即使滿街都可以買得到有格線的筆記本。

是啊！人生在經過風風雨雨的歲月洗煉之後，不論是叱吒風雲一時，抑是販夫走卒一生；不論是鶼鰈情深相攜至老，抑是孤雁落單孑然一生。能夠永保一顆學習的心，即使做的僅是畫格線這麼簡單的事，也是一個值得敬佩的人。

好報

幾盆不得爹疼娘愛的盆栽，彷彿做錯事一般，畏畏縮縮的，被藏在後陽台上。吩咐女兒記得偶爾澆澆水，不圖它能開枝展葉、招蜂引蝶的，只要能為窗外那枯寂的冬景，添些綠意即可。

那天下班，未掀鍋拿鏟做飯前，竟突生一股想望之意，打開後門一探，被眼前景象所驚住了。熱水器下的水龍頭，水像一道山泉般奔騰滾滾而下，小小的陽台已漫漶成災。當下，捲起衣袖，擒來板手，把總開關給鎖住了。回屋後，像一隻被縛了雙手雙腳的困獸，一籌莫展的癱在客廳沙發上，靜待孩子們歸來，然後隆重的，像恭讀聖旨般宣布：「今晚不做飯，外食！」

「沒水？晚上怎麼洗澡啊？」

「快請人來修理啊！」
尋遍幾個抽屜，找到電話簿，七手八腳的翻了好幾遍，終於找到一家。
「有個水龍頭鬆了，漏水了，能不能請人來修一修？」
「工人下班了，明天吧！」一副愛莫能助的口吻。
又翻了一家水電修理行的電話號碼，心頭砰砰的跳，像已答錯一題的小學生，再錯就要吃鞭子一樣，忐忑不安的問：
「能不能麻煩請個工人來修一修？」
「哪裡壞了？」
「是水龍頭鬆了，漏水了！」
「哦！水龍頭啊？老板現在不在家，回來我跟他說。」
頹喪的坐在沙發上，摀著雙頰，像隻鬥敗的公雞，心中不免憂心忡忡起來。事情總得要解決的，硬起頭皮再試一次吧！
「×××，……」
「好…，明天下班後，我去看看！」
隔天下班，他真的提著工具袋來了。四十開外，一身乾乾淨淨的，不像一個水電工。印象中，蓬頭垢髮，雙手黑垢，衣服上盡是汙漬、漆斑，嚼檳榔後的一口紅唇黑齒，他一樣也沒有。他取出了一個新水龍頭，在漏水的水管上攢攢又旋旋，鬆出後，伸進纖細的食指，從管內掏出了一些細沙，重複了好幾遍，直到確認沒有沙在裡頭了，再把新水龍頭栓進了水管。臨走前，我突然想到三樓浴室的水蓮蓬頭已壞了多日，何不趁此時也讓他修修？

一種米還真的養百種人。有一種人是沒了鍋就用盆，缺了盆就用碗，只要能湊合著用，日子照樣過得風風光光，天下太平似的。也有一種人，有了公寓想住透天厝，更想坐擁別墅農莊，總要想法子讓自己活得像個人樣，一點委曲也受不得。一樓熱水器之所以會提早出狀況，就是拜三樓水龍頭壞了沒修所累。他上了三樓看了看：「明天帶水蓮蓬頭來換！」

隔天晚上，我出門回來，女兒說他已把水蓮蓬頭換好了，沒收錢就走了。我聽了，嘟囔了幾句，責怪女兒不懂事，怎可以欠人家錢？一輩子最怕欠債，不管是什麼債，都讓人好生駝背，像沙漠中的駱駝，日子沈重得直不起腰來。

日子就像曬蘿蔔乾似的，一天晾過一天，直到蘿蔔乾不用再攤在石板上時，突然想起那筆錢還未支付給人。良心發現似的，趕緊打電話催他來取，再不來取，只好親自送上門去。只聽得電話那頭：「好……好……，明天下班去拿！」又候了好幾天，女兒說他終於來拿錢了，我才鬆了一口氣，扎扎實實的過自己的日子。

之後，像一個市井小民，語帶感恩的細說他如何解燃眉之急，又不以錢為計較。好友用賊賊的眼神，上上下下的打量了我一番，然後語帶曖昧的說：「請他喝杯咖啡啊！」我一愣，什麼跟什麼啊？但心頭不免一驚，這年頭，說別人「好」還不能隨意掛在嘴邊。

請喝咖啡是免了，但如此敬業的人，是應該得好報的。下回若再犯了水管漏水之疾，面臨缺水、斷炊之苦時，我已牢記他的電話。也希望正如他的招牌「金旺」一樣，生意如日中天，越燒越旺。

老時間，老地點

「老時間，老地點」，是我和老姐心領神會的通語。不明究理的人，或許以為那應是一樁令人內心雀躍、小鹿亂撞的情侶約會。但多年來，「老時間，老地點」卻成了我和老姐心中的痛，每次我們都是帶著些許的期盼和沈重的心情，趕赴這個令人悲喜交集的相會。

七年了，阿娘臥床整整近七年。我們每週去探望她一次，她不言不語，不食不喝，日漸消瘦蜷曲的身子，似乎在告訴著我們——她的痛苦。不孝的我們，無能解她的痛苦於萬一，卻自私的要她承受這身心俱疲的苦痛。整整七年，人生也不過幾個七年，阿娘！不孝、自私的兒女，要如何消除這深重的罪孽？

那天早上，大哥神色匆匆的趕到學校來告訴我，您的情況不大好，要我急速通知老姐和三哥回來。我的心中正在暗忖，前兩天我和老姐去看望您的時候，您不是還好好的嗎？怎麼可能？怎麼可能？我用著顫抖的手，急速的撥打著老姐和三哥的電話，平時不覺為意的電話語音轉接系統，這時竟成了我暗罵礙手的對象。

好不容易轉達了這訊息後，我匆匆的趕到和平社區，但見床上的您，雙目緊閉，張口急促的喘息著。我不爭氣的眼淚，再也藏不住的如斷了線的珍珠滾落而下。在您耳畔聲聲呼喚您，您卻毫不理會，亂了方寸的我，竟杵在那兒不知所措。大哥火速的叫了救護車，我們把您送到花崗石醫院。經過一陣的急救後，您的情況稍為好轉，但醫生仍然發出了病危通知，要我們有心理準備。我的眼淚就如外面下的雨，我無語問蒼天：「雨哪會下不停？」難不成這是上天在哀禱這場悲傷的開始？

中午，我載著老姐冒著滂沱大雨，再赴醫院探望您，仍在急診室病床上的您，這時尚有一絲的意識，微張的雙眼，對著我們輕點著頭，似乎在與我們作最後的告別，老姐握著您的手，我們再也忍不住的成了雙淚人兒。晚上再到加護病房看您時，您已毫無意識，不管我們如何的呼喚您，您就這樣陷入重度昏迷。

十點多，三哥通知我們要火速趕赴醫院，我們一絲也不敢耽擱的趕到醫院。醫生要我們護送您回家，經過三嫂的一再向醫生懇求，他讓我們在醫院陪您熬過那段令人欲哭無淚的無奈分秒。我不斷的問上天，難不成這趟回家之路，真的要成為您人生的最後旅程？

隔日凌晨，抵不過醫生的一再催促，我們伴著您回到珠山老家，醫生為您拔下了身上所有的管子，並縫合了氣切口，您就這樣的離我們遠去。阿娘！您再也不理會我們的聲聲呼喚，您就這樣走了，您怎麼捨得丟下我們不管？阿娘！您叫我們今後到哪裡去看您？「老時間，老地點」的相會，真的要成了絕響嗎？

接著一連幾天，經過複雜的繁文縟節儀式，從入殮到出殯，我的心情跌至谷底，人生最痛的莫過於欲哭卻無淚。直至出殯那天，眼看著置放棺木的靈車，在我的眼前緩緩的愈離愈遠，我再也忍不住的崩潰放聲大哭，阿娘！您真的要離我們而去？您真的永遠不再回來？您真的忍心就這樣走了嗎？

您頭七那天，我們冒著如從醫院護送您回家那晚的大雨，來到公墓接您回家。曾聽他人說過，有時可以看到往生者坐在墳頭前，我是多麼盼望能夠看到您的身影，坐在墳頭前等待我們接您回家，但是沒有，我仔細的瞧了一遍又一遍，就是搜尋不到您的身影，是您看到這群不孝的兒女，心灰而避不見嗎？阿娘！您在那裡啊？我們聲聲呼喚著您跟我們回家，不知道你是否聽見了？向來重聽的您，再加上中風不便的身軀，在回家的路上，我特地的把腳步放慢，就是希望您能跟得上我們的腳步，能夠順利的跟我們回到家中。

阿娘！您一生吃盡苦頭，您撐起了半天的濃蔭，為我們遮雨避風，直至我們兄弟姊妹皆有所成，能夠安享天年之際，您竟然中風在床。您未中風前，曾多次聽您用欣羨的口吻，提及別人中風即逝的消息。輾轉七年的漫長時間，您不言不語的默默承受這一切苦痛，早知您是如此的受苦，您中風的那天，我們就不該為了一己的自私而把你搶救；早知這七年來，您的苦痛多於歡樂，我們就該放您早升佛天。為了我們一己的私慾，為了我們可以再看到您，我們竟自私的要您承受七年來這麼多的苦痛，不孝的我們，是多麼的自私啊！

「……人皆有母，翳我獨無……」阿娘！原諒孩兒的不孝和自私。願您能常常來到我們的夢中，讓我們再好好的看看您！今生無緣再見您，但願來生再續母女緣，讓我們好好的報答您！

那一年特別淒冷

二〇〇五年是特別淒冷的一年。還沒揮別喪母的傷痛，父親也在相隔不到八個月的時間，悄悄的離我們遠去。一切來得是那麼的突然，那麼的令人錯愕。雖然心中時時提醒著自己，每個人都會衰老，終有一天都要回歸塵土。也望著年已近九旬的父親，每日拄著拐杖，踽踽在那車水馬龍的街道旁，往返在金城與珠山老家的路途上，我一次又一次的告訴自己，父親佝僂的身影更為蒼老了，能夠再見到他背影的時日已不多了。

但時光的飛梭，卻讓我措手不及到要懷疑，太陽真的每天都是循規蹈矩的東升西落？它是不是趁著我不注意的當兒，加快腳步偷工減料，有好些日子不按規矩在運行？所以父親就在那一剎間，走到了人生的盡頭，而作為兒女的我們，竟不孝到一切都渾然不知，讓他老人家就這樣悄悄的離開了我們。

八個月前，阿娘出殯時，父親還叮嚀著我們，拿條「頭白」讓他纏在頭上，他還自願認小，在阿娘的靈前撚香叩首。阿娘頭七的那晚，他老人家一夜不曾瞌眼，也摸黑的跟著我們來到珠山老家，拄著拐杖守候在廳前，等候我們從公墓把阿娘叫回來，聲聲的叮嚀著我們：「莫去遲了，絕不可等到雞鳴狗叫時。」今天是父親的頭七，我們好像依「慣例」似的又來到了老家集合，準備著要去公墓把父親叫回來，但是……，但是……，有誰再為我們守候廳前？有誰能再聲聲催促著我們快去快回？老天爺！你是不是忘了我們還沒作好準備，還沒準備好要再一次承擔這麼大的傷痛？

那天星期二晚飯後，我前來探望生病多日，久已未能進食的父親。甫進門，三哥告訴我，您正在睡覺，所以我從房間的窗口向內望，漆黑的房間裡，但見您側身躺著。三嫂告訴我，上午和大嫂好不容易才說服您，星期五要帶您去住院。三哥也說他放學回來後，您還在尋找著健保卡，準備著要去住院。

聽罷後，我多日來一顆焦慮的心才稍為平緩下來，稍坐片刻後我即告辭。直至我例行的繞了「三民主義」城區馬路一圈回家後，正脫衣準備洗澡，老姐的電話來了，她說您出了狀況，要我即刻趕過去。我匆匆的穿上已脫的衣服，三步併作兩步的跑到後面的三哥家。看到情況不好的您，我們即刻把您送上救護車，車子嗚……嗚……的沿著伯玉路急速的向前駛著，我不爭氣的眼淚，再也如那關不住的水龍頭，汩汩而下。

我的內心大聲狂喊著：「快啊！快啊！」但望著車子身後的伯玉路，兩旁行道樹緩緩的向後移動著，我就如掉入無底深淵般的萬般無助，可恨的伯玉路啊！平日不是一下子就走完了嗎？今天怎麼特別長？是老天在懲罰我們嗎？上天啊！你有沒有聽到我聲聲的求救聲啊？

經過醫生的搶救無效後，就這樣的，像八個月前阿娘那般，我們抱著萬般無奈與不捨的哀傷護送您回到珠山老家，回到那滿目瘡痍，改建一半的破亂老家。父親！您若地下有知，您應該知道，改建一半的破舊房子，是多麼的寒傖與令人難堪。

阿娘是在改建一半的破亂老家終老，出殯時的寒酸場景，您應該目睹而感心傷。您老人家就不能等房子改建好後再走嗎？即使不能等待那麼久，至少您也應該等到星期五，讓我們送您到醫院住院啊！您走得是那麼的匆忙，連兩三天的時間都等不及，讓作為兒女的我們，更是錯愕得不敢相信這是真的，您真的走了嗎？您真的不再回來了嗎？

父親您走後的第八天，為了作禮懺儀式，仍停柩在堂。我撥空回金城，車行至吳厝轉彎處，但見路旁有一阿伯向我招手，我一看年紀與您相仿，所以把車停了下來。阿伯用非常瘖啞又難辨的聲音說他要到下堡的學校，我想到了您那佝僂又移動緩慢的身軀，是不是也有好心的陌生人讓您搭便車回家。我把阿伯送到了下堡的金鼎國小旁，他拿出了一千元要給我，原來自始至終他把我當成了計程車，我揮揮手，望著阿伯下車的孤單身影，心頭湧上一陣酸楚，在回家的路上，我的眼淚再也不爭氣的奪眶而出。

父親！阿伯雖然孤單可憐，連計程車和自用車都分不清楚，甚至連一句話也說不明白，但我寧願您是他，而不是一句話都不說，靜靜躺在棺木裡的父親啊！上天啊！人總是要在失去後才知道擁有的可貴嗎？有誰能告訴我「早知道」要到哪裡去購買？

有人說生育孩子是人生的至痛，但那是喜悅的痛楚，是充滿著希望的苦痛。人生至痛莫過於至親的遽逝，有誰能夠接受那與我們朝朝夕夕相處數十年的親人，突然一朝在你的周邊消失得無影無蹤？那不是捉迷藏的遊戲，可以重頭再來；更不是扮家家，可以下回再玩。喪失雙親的心靈巨痛，它似尖銳的針錐，日日夜夜、無涯無垠的刺痛著我的心扉，讓人長長久久不能自己。

父親從小孤苦伶仃，為人厚道老實，誠懇寡言，不與人爭，所以不求聞達於世，庸庸碌碌一生而終。祈求父親一路上好走，不要掛念來福沒人餵養，更不要操心牆角的苦茶沒人澆水，放空塵間的一切苦難，來世投胎轉世好人家。父親……父親！一路好走……。

同年同月同日生

每天出門上班，總在巷口碰到一對正要上學的姐妹花。同樣的打扮，上至髮型、衣服，下至褲子、鞋襪，常是粉紅色系列的便服穿著，背的是同款式的書包，手上同樣提個放餐盤的袋子，兩個人勾勾搭搭的，狀極親密，更絕的是連走路的模樣，也是同一個神態。不用分說，那擺明了是一對同日出生的姐妹雙胞胎。每次看到雙胞胎，總是不免投以特別的眼神，除了對造物者的神奇感到讚嘆外，也對後天人為的塑造感到好奇。

對雙胞胎雖然常投以異樣的眼光，但還不至於像一般人那樣的好奇，因為咱們家也有一對雙胞胎，如今已屆雙十年華亭亭玉立之齡，雖然出生先後只有三分鐘之差，但是姐妹倆卻有著南轅北轍的個性。

姐姐內向懦弱，整天安靜得像個悶葫蘆，難得聽見她張開玉口說上一句話，碰到要她做抉擇的事，小至選買衣服，大至選讀系組學校，總是慌亂得像鳥籠被打開的小鳥一樣，不知該奪門而出呢？還是留在安全的籠內？

妹妹則活潑開朗，天天一臉燦爛陽光，卻是個標準的迷糊傻大姐。每天的餐桌上，主席、紀錄兼發言人，全攬上身一肩挑了。「媽媽！我告訴你一個好消息……」、「弟……，今天發生了一件有趣的事……」、「……」。碰上我要出門，大聲嚷嚷徵求同伴偕行的，她必是搶先報名，唯恐落於人後，姐姐則是縮在牆角使勁的猛搖頭，彷彿門外都是洪水猛獸一般。

我常調侃她們，一個是現代的廖化，急搶先鋒；一個是古代的大姑娘，大門不邁，二門不出。孩子的個性是環境塑造而成的嗎？若是，同宿一房，同睡一床的姐妹倆，甚至連喝杯飲料也用同一根吸管，兩人相濡以沫的親密情形，有時連我這個做媽的都要猛吞醋水，這又要如何解釋兩個人個性大相逕庭的原因呢？

姐妹倆的個性雖然迥異，但本性都非常善良。四、五歲時，看見鄰居孩子們動手揮拳打起架，倆人杵站在一旁觀看，一雙汪汪的淚眼，彷彿被打的是她們；一張驚慌害怕的臉，道盡了她們對弱者的不捨。讀幼稚班時，在老師的慫恿鼓勵之下，好不容易爬上溜滑梯的階梯，卻因無膽量滑下來，只好蹲在上面哭泣。兩人都屬守份規矩的孩子，沒有鬧事搗蛋的本事，但讀起書來，卻也常吊掛班尾。所幸當今的社會，讀書並不是唯一的出路，行行出狀元，每個孩子自有其生存之路。

每一個孩子的成長，都是父母心中永遠抹滅不去的回憶。從懷孕開始，到孩子蹣跚學步、入學，甚至結婚成家、立業，足足可以讓每一個做媽媽如數家珍，寫成一本書。雙胞胎孩子的成長，更是有異於一般孩子，除了趣事不少外，照顧起來也備極艱辛。聽過不少有關雙胞胎的趣事，最大眾化的莫過於認錯人，弟弟進考場幫哥哥考試，因為監考官無法分辨；半夜睡眼惺忪之中，抱錯孩子餵錯奶的，也不乏其例。

回顧咱們家的雙胞胎成長，倒是平靜得很，常聽得左鄰右舍，甚至親朋好友嘟囔著分不清誰是姐姐，誰是妹妹，我總是好整以暇的回答：「哪有？兩個根本長得不像。」那景象倒有點像對著問路的人回答說：「往前直直走三分鐘，拐個彎，再走五分鐘就到了。」天知道？這三分鐘和五分鐘如何計速？有的人天生高個兒，一跨步就是小個兒兩腳長；有的人屬急驚風，走路像趕集般；有人屬慢郎中型的，一踏步深怕踩死地上的螞蟻似的。對一個一無所知的陌生人，用自己的角度去告訴他想知道的答案，那就如讓瞎子摸象一般，摸著了是腿？是尾？實在很難有個定數。

每當有人問起咱們家有關雙胞胎的趣事，最經典被我拿來炒作的，大概是屬懷孕時體重暴增26公斤，兩隻腳水腫得像粗壯的象腿，所有的鞋子都穿不下。走路時，巍巍巔巔看不見底下的路面。每天騎了輛光陽50機車，溫吞吞的載著龐然大軀上下班。一日下班，我離校有一會兒了，一位女同事騎腳踏車從後面追來，從她驚訝得不可置信的臉上，我才知道自己是多麼的「任重負遠」。臨盆的那個月，正值溽暑農曆六月，酷熱難當的西曬房間，沒有裝設冷氣，一到夜晚，仍如高溫的烤箱，冰涼的地板是我唯一的棲身之處，小小的走道，安置如此龐然大軀，翻個身有若航空母艦調頭，頗費心思與力氣。

孩子幼小時，所有的打扮，為了省事與公平起見，常是準備雙份，所以我頗能理解為什麼雙胞胎總是打理得一模一樣。如今孩子大了，各有他們的看法與主見，不只有穿著打扮分歧越見明顯，連個性也越來越不同，畢竟每個人的路都是自己走出來的。曾在報端看過兩對雙胞胎結婚的新聞，思來頗令人難解。看來造化弄人，還真的有它深奧難測的規則，世上的一切，是不能用一個「準」字來說清道明的。

大手牽小手

「頭戴帽帽，身背包包，我們大手牽小手，走……走……」一起校外教學參觀去。

孩子期待的教學參觀日終……於……來了，我連日來一顆忐忑不安的心，也飆到了極高點。「教學參觀」對小一的他們而言，完全是個陌生的名詞。幾年前，學校辦的校外教學參觀，只有中高年級的學生才能參加，就在六年前，我帶的另一班小一學生，他們睜眼看著大哥哥、大姐姐哼著歌兒，踩著快樂腳步要踏出校門去教學參觀時，全班竟齊聚在校門口，舉著小手高聲齊喊：「抗議！抗議！我們也要參加……」，一聲聲稚嫩的童音，卻蘊含著他們無限的期盼。

從次年起，校外教學成了全校學生共襄盛舉的大事，再也看不到躲在角落裡的鬱眉愁容。小朋友一到當日，個個笑逐顏開的，但卻也苦了帶低年級的導師，心中的感受有如春天

的天氣，是晴？是雨？是陰？用「憂喜參半」不足以形容，應道是「雜燴湯」一鍋，酸甜苦辣，滋味難辨。「你們班好活潑哦……」、「帶一年級，你看起來年輕多了……」，很多老師都曾這樣跟我說過。我心知肚明，一張禮貌性的頷首微笑，但肚中的酸水卻如滾滾河水，翻上騰下的，久久不能自已。想來「知生莫若師」，未帶他們時，就已知他們是「人數少少，鬧聲吵吵」的頭痛班級，過去一個班，讓老師一個頭兩個大的學生只是少例，他再怎麼興風作浪，也成不了氣候，如今全班孩子的同質性相當高，個個活潑兼調皮。

教室內，鬼哭神號兼花拳繡腿，十八般武藝樣樣精通的他們，踏出校門，豈不成了脫韁的野馬？孫悟空七十二變，也變不過他們的「不按牌理」啊！

如今校外教學在即，情勢既已騎虎難下，橫豎該面對的永遠逃不掉。出發前的物品準備與規矩叮嚀，密密麻麻的把聯絡簿寫滿了。想到明天不用蹲坐在教室內上課，可以到校外遊玩的大事，相較之下，規定的三天龐雜家課，對他們而言，已成了小事。往常規定家課時，「不平則鳴」的情景不復出現。出發前，經過各種沙盤推演，我的背包裡，除了有「最好的準備」，當然也少不了「最壞的打算」。硬著頭皮，就讓咱們大手牽小手，一起出遊去吧！

一路上，追趕跑跳碰。一張張寫滿好奇的小臉，「老師！……總兵署到了沒？」「老師！什麼時候要走坑道？」「老師！你來看……，下面有人被關起來……」，問不完的問題，只因一路上盡是新鮮的景物。

一雙雙急欲嘗試與摸索的小手，雄獅堡裡撲蝴蝶，花盆下尋找BB彈，水試所逗弄公鱟母鱟的兩情繾綣，只因他們有著發洩不完的精力，宛如蓄勢待發的飛彈，隨時有著碰轟乍射的氣勢。

總兵署旁的柑仔店，成了他們自己另立的參觀景點，數學課本裡的「錢幣」單元，就在他們「一手交錢、一手交貨」中完成實際的演練。一片漆黑又槍聲砰砰作響的金城民防坑道，為了試探他們的膽量，走在前頭的我特意不開手電筒，誰知後面傳來的竟是「水哦……水哦（閩南語）……」，一聲還比一聲高。學校地下室的國防教育宣教效果，也不如這區區三十分鐘的收效恢宏。半小時的地下坑道體驗，竟成了他們期待下次再來的首選景點。「甘拜下風」也不足以說明我對這群初生之犢的「刮目相看」啊！

就讀小學時，從歐厝步行到成功的金門日報社，班上同學攜帶的是當時算是奢侈品的西點餐盒，我的便當盒裝的雖是老媽煎的「麵粉嗲」，但快樂一樣騎乘著翅膀，向我飛奔而來。當時滿是油墨氣味的報社，地板上盡是掉落的鉛字，經過尋尋覓覓，撿回三個屬於自己名字的鉛字，倒成了如今對小學「遠足」最深刻的印象。

「遠足」，顧名思義，需具備走遠路的雙腳，與現在校外教學有車可搭的情景不甚相同。搭車與走路，出遊的方式雖不同，但到校外學習的意義卻是相同的。可見教室不應侷限在學校內，這一教育理念，古今皆同。孩子喜歡校外的學習天地，勝過教室內的學習，這也是不容置喙的事實。

有道是「讀萬卷書，不如行萬里路」，唯有透過親眼看、動手作的學習歷程，學習的成效才能在孩子的心中扎根、發芽、茁壯。人生機緣難覓，修得十年始能同船渡，何況朝夕相處的師生之緣？面對這麼一群活潑兼好動的孩子，是上天賦予我的今生功課，他們雖是一群不知天高地厚的初生之犢，學習方式也迥異於一般規矩學生，但相信在他們跌跌撞撞的學習過程中，收穫絕不會遜於其他的孩子。也期許身為導師的自己，在逐漸僵化的教學方式中，吸收與學習更適合他們的教學方式，就讓我們好好珍惜這勝過「同船渡」的師生之緣，大手牽小手，共同學習、一起成長吧！

叫人心疼的孩子

環境可以塑造一個人的習性，這是每個人矇著眼睛也知曉的。一如晴空上的炎陽，向大地吐著火舌，人也就薄衫短褲，理所當然的在樹蔭下納起涼來了。科技化的浪潮，為九十年代的金門帶來了生活上的豐裕，但聲光化電的觸角也如洪水般，吞噬淹沒了每一個孩子的心靈。孩子耽溺在電腦裡的時間越來越長了，少了體力磨鍊的虛擬世界，折了他們與人溝通的羽翼，亦戕害了他們生活磨練的雙足。

五十年代，金門，參差的閩南式屋舍聚集成一村落，村裡雞犬相聞，一片昇平祥和。村郊外，方整的田壟，井然有序的栽種著適時的農作果蔬。春天播了花生、玉米、高粱、……，收割了高粱，拔了花生，換成了夏季竹架上攀藤的角瓜、菜豆、……，芹菜、菠菜、蒜仔、……，為寒冬的餐桌增添了暖香的郁息。

四季蔓藤滿地的地瓜，更是飯桌上的熟面孔。孩子像小跟班似的，假日課餘，亦步亦趨的尾隨大人身後，幫忙撿拾地瓜，種玉米，拔雜草，儼如出師的徒弟，是師父身旁得力的助手。識得了四季蔬菜的栽種，也深諳五穀雜糧的分辨。

清晨，太陽尚未露臉，村郊外，清澈見底的小溪邊，已見村婦在洗濯衣服，小孩在一旁抓魚捕蝦。談笑聲、戲水聲與潺潺的溪流聲，譜成了一首人與大自然的協奏曲。田陌間，輪番成熟的各季野果，桑葚、葡萄、芭樂、龍眼、……，是孩子幫忙農作後解饞的點心，除了練就一身爬樹採果的矯健身手，更紮實的上了一堂野外的自然課，熟識了各種野菜蔬果。

午后，太陽像個火爆浪子，要把大地蒸發似的。廣場上曝曬的五穀，晾衣繩上，五彩的衣服隨風招搖，咕咕遊走的雞鴨，正忙碌的穿梭其間覓食。樹蔭下，有的泡茶、聊天，有的專注著下棋。廣場另一角，三兩個村婦正接頭交耳的聊著，小孩追逐嬉鬧其間，有的辦家家酒，有的跳房子、捉迷藏，在喧鬧的互動中，學會了與人溝通的技巧。

黃昏，西方的絢霞紅到山脖子根，一時炊煙裊裊。沙飛的廣場上，頓時成了孩子遊戲的天堂，追逐嬉鬧聲把村莊喧得沸騰起來。太陽連打數個哈欠後，「小紅！雞鴨關籠了沒？」、「阿華！衫收啊沒？」、「阿展！牛牽回來了沒？」……，一聲聲、一句句的叫喚聲，沿路迴響著。

遊戲散了，嬉鬧聲中止了，孩子百般不捨，但都能知趣的收拾貪玩的野心，一一的回家。貧困的農村生活，一張大床擠睡數個兄妹，一個雞蛋數個孩子分食，雖然缺了口腹之慾的享受，卻也練就了懂事成熟的習性，深諳人事輕重，在力爭上游中，個個知道人世的艱辛。在每雙堅毅眼神的背後，張張都是知足又燦爛的笑容。

夏夜涼如水，一家人坐看滿天星斗，聆聽牛郎、織女鵲橋相會的神話故事。三兩同伴秉燭夜遊，一探黑夜的魔窟，到溪邊釣蝦、捉青蛙，偷採香瓜，再一路笑鬧著回家。沿路提燈的螢火蟲，為黑夜驅走了魑魅魍魎。阿兵哥營區露天的免費電影，是晚飯後期待的饗宴，豐盈了童年的心靈。

未曾被聲光化電洗禮的孩子，靦腆中帶著憨厚樸拙，生活雖清苦，卻有著多彩的童年時光。科技褓母餵養長大的一代，雖然有了豐裕的物質享受，但在電腦、電視「綁架」之下，卻成了四肢不勤、五穀不分的憨兒。都是叫人心疼的孩子。

師生情更長

昨日，聲聲泥軟童稚的笑語，在走廊的彼端迴響；今日，張張欲語還羞的笑靨，在走廊的這端綻放。多少個晨昏風雨？多少回悲歡愁喜？六個寒暑，我們攜手同歡；一千多個日子，我們同舟共濟。為你們燦爛的童年，留下了永難磨滅的回憶。

還記得入學的第一天，老師為你們準備的歡迎卡和紅蛋嗎？教室裡，我是不假顏色的嚴師，嚴格的要求你們學習的每一個腳步。操場上，我扮極盡慈愛的母雞，呵護著身後那一隻隻天真的小雞。聯絡簿上，是你們絞盡腦汁的「每日一句」。教師節前夕，你們荒腔走板唱著「老師您真好，不怕我們吵，……」，我悲喜交集，寫下了「你們都很好，就怕你們吵，……」的心情感言。酸甜苦辣，悲喜交集，為這六年來師生共同的成長，開啟了學習的大門。

六年來，你們拾掇了每一個學習的機會，由初芽而成壯樹。你們熠熠生輝的表現，擄獲了全校師生肯定的眼光，更為學校攘奪了無數光榮的篇章。

舞蹈細胞不遜「貓王」的敬祥，是唱作俱佳的天生演員，將來可是一個大明星；繪畫如行雲流水的子恩，別看他個兒小，身材瘦弱，他可是運動場上的長跑健將；「搞笑二人組」，他們演的默契笑鬧劇，是我們全班心領神會的秘密；胖胖的昱維，臉上總是掛著彌勒佛般的笑容，人緣特別好，是全班公認的大好人。

觀察力和老師一樣棒的怡均、雅淇，總能適時的伸出援手，展現她們貼心的一面；形影不離，像同穿一條褲子的鵑如和宇茜，都是作文高手，成績更是頂呱呱；好學不倦的宜庭，是未來運動場上的飛躍羚羊，想要追上她的，可得費一番功夫；有數學天才之稱的侑餘，頭腦好，更是全班唯一與老師同一星座的「冷面殺手」。

過去常以「我不會」搪塞的文揚，現在上台背起論語，總能贏得全班熱烈的掌聲；有點小迷糊的瑀柔，是不能小覷的領袖人物，將來不做大官，也一定是個大老板；為跟老師賭輸要多吃一碗麵而哭紅眼的敬仁，內向害羞的他已能在台上侃侃而談；常說自己「笨」的韋綸，莫忘了左撇子能創造異於常人的奇蹟。

常與老師保持距離的詩婷，像脫胎換骨般，在榮譽榜上已轉敗為勝；午休常被登記的陳銓，服務熱心外，削蘋果的技術，可是全班無人可比；收作業效率一流的佳菁，是催繳作業的高手，更是老師不可或缺的小幫手；常遲到的翊慈，倒立翻背的舞姿令人讚嘆不已，背論語的速度更是全班無人可比。

還有林芝、盧育禾、魏江津、薛博嶸、杜書瑜、田濠稱、葉晏樺、許為先，都曾在我們學習的殿堂上，留下他們走過的足跡。

六年來，不獨你們長高變胖，成熟懂事了，老師也在教學中跟著成長，體認到更深奧的人生哲理。如今離別在即，在你們身如鵬鳥，展翅欲翱翔千里的此刻，說不盡的離情依依，切莫忘了老師的聲聲叮嚀：

一、一步一腳印，務實的做好每一件事；唯有扎實的基礎，才能築起擎天的高樓。

二、不要怕失敗，凡事要有「試試看」的勇氣；把握每一個學習的機會，是締造成功的最佳途徑。

三、維持濃厚的學習興趣，比你學到了多少更重要；知識是死的，唯有濃厚的求知心，才能讓你學到活的知識。

四、常走出戶外，勇於探索大自然這本書；你的視野有多廣，心胸就有多寬，人生就有多亮麗。

別了，孩子們！今日，你們以賢庵為榮；他日，賢庵將以你們為榮，讓我們期待不久的將來，英雄殿上師生歡愉的相會。

維成先生，一路好走

仿如夢中，乾妹則錞的父親走了。

五年前，那相隔不到八個月，老媽和老爸先後雲遊仙界的痛心回憶，一一再度襲上心頭。錞妹此刻的境遇與心情寫照，我想我亦能淪肌浹髓的深深體會到。

認識錞妹是在合唱團裡，後來又同窗共硯兩年，個性南轅北轍的我們，卻在不意中擦出深厚的友誼火花。一個自幼即是享盡兄姐照顧的么女，百般伸手等人來服侍；一個是家中的長女，有力扛千鼎的應變能力。虛長數歲的我，空有「乾姐」之名，反而成了長女的她呵護備至的妹妹。靈修的路上，她更是一路引導我前行的老師。

認識錞妹雖有多年，但對她的父親陳維成先生卻一無所知。第一次聽得她稱呼自己的父親為「38的大帥哥老爸」，頗讓我震驚，後來再聽得她形容自己是「38的瘋婆娘」後，在深知其柔情感性的個性下，承載了頗多遊戲人間的濃濃意味，倒也讓我漸漸的能夠釋懷，發覺人生並不是那麼嚴肅的一件事，有時何妨卸下對周遭的敵意防範，真誠的釋出良善本意，若能以純真率性的心境面對生活，每一天將都是上天賜予的驚喜。

鐏妹的父親有著一頭皤皤白髮，屬略高的身材，稍顯瘦削、不甚光滑的臉龐上，筆挺的鼻樑，是美人胚的她鼻樑的拓本。從維成先生一幀年輕時穿著和服，透露出英姿帥氣的獨照，看得出鐏妹稱其父親是「大帥哥」，不是浪得虛名的。鐏妹的

父親讓家人得知罹癌是八年前的事，以維成先生溫柔體貼，凡事隱忍痛楚，不願家人操心擔憂的個性而言，癌症顯露病灶應是更早之前的事。

看透生死輪迴，也歷煉過人生諸般滋味的她，父女倆倒都能夠坦然面對。但這一場在她眼中認為是上天恩寵的癌病，卻讓她更懂得珍惜與父親相處的時光。收入不豐，經濟不甚寬裕的她，雖然上班路途不遠，但遠在十多公里之外的娘家，再加上幼子尚在襁褓之中，為了方便勤於探望父親，平日省吃儉用的她，當下即刻買了新車。從她對父親的孺慕之情，看在一向對老爸慳吝的我眼中，真是羞愧得無以復加。

就在兩個月前，她因事赴台，留下兩個幼子在家給外公外婆照顧。站在好友的立場，我前往探視伸援，已知來日不多的維成先生，一臉託付重任意味的，用誠摯的雙手遞給我一張名片，一張薄薄的名片，名片上除了電話住址外，寫著兩個字體同等大小的名字，乍看之後，讓我一頭霧水，後來才得知另一名字是錞妹的母親，如此夫妻倆同註一張名片的，還是第一回目睹。太多的夫妻恩愛假象，只存活在公眾場合的作秀中，如此夫妻恩愛同體的鶼鰈情深，毋需用花言巧語來塗飾，更不需用誇張的肢體來表演。

「夫妻本是同林鳥，大難來時各自飛」，道盡了夫妻也有緣盡之時。老媽往生數日，造墓的師父徵詢老爸是否願意死後同穴，一生與老媽爭吵不斷的老爸，竟然頷首同意。十分納悶不解的我，一時為之瞠目語塞。站在一旁向來與老媽熟識的麗仔，語帶認真又詼諧的搶白說：「死後再同穴？你可不能再跟她吵架哦！」夫妻之間的恩怨情節，相爭亦相伴的幕曲，實非外人所能理解。

錞妹父親遺體火化的當天，正是老爸的忌日，今年終於因課務不多，請了假前往捻香，站在滿是豐盛祭品的供桌前，我竟囁嚅得不知要說什麼。一句「老爸您好嗎？」或「老爸我想你」，竟如千斤壓頂般的難以釋口，真不知坐在長條凳上食用祭品的老爸，看到生女如此憨直愚蠢，是否會難過得食不下嚥？錞妹父親走後，她日日為父親準備了喜愛的香煙和祭品，還有寫滿愛意，提前送的一張張生日卡，一聲聲的「我愛你」，一句句的「一路好走」，我想在女兒如此真情流露下，維成先生是不是也會難分難捨而食不下嚥？

作家張德芬：「親愛的，外面沒有別人，只有你自己」，一語道破了人心受外物影響之大。想來錞妹才是真正的活著，活出其純真自我的一生。鈍如木頭的我，在諸多社會禮制的規範下，總將自己最真誠的一面掩藏，換以中規合矩的面具以對。若能早些認識錞妹，我想老爸和老媽的一生必定也會如維成先生一樣精彩燦爛，百年的往生之途，更不會走得那般的孤寂與淒涼。

莊子知北遊：「人生天地之間，若白駒之過隙，忽然而已。」人生既如白駒過隙，死亡是每個人都不能豁免的歸宿，但只要能夠豪氣干雲的做過一件大事，刻骨銘心的愛戀過一個人，痛快淋漓的賞過一回風景，此生亦足矣。陳維成先生有千百個理由可以一路好走。

你是我的眼

那一夜，屋外晚風徐徐，烤肉陣陣飄香，隔海的遠山燈影閃爍，一輪暈黃月兒也在一片寂靜中冉冉上升。屋內人聲雜沓，一曲一曲的歌聲，填載了你們青春飛揚的樂章。十幾個大孩子或坐或靠，看到老師進屋來，全都站了起來，齊聲唱著「如果我能看得見，就能輕易的分辨白天黑夜，就能準確的在人群中牽住你的手，……就能驚喜的從背後給你一個擁抱，……。你是我的眼，帶我領略四季的變換；你是我的眼，帶我穿越擁擠的人潮；你是我的眼，帶我閱讀浩瀚的書海……」。我佯裝不懂的忙著為失音的麥克風更換電池，重複又重複的「你是我的眼」，一句一句繞樑、迴盪。在一陣陣的催敲心房之下，我終於在你們十數雙帶羞的朦朧怯眼中，肯定的聽懂了你們的心聲。

歌聲歇了，你們獻上那寫滿祝福的卡片，高聲齊喊：「老師！教師節快樂！」我紅了眼眶，淚在雙眸間打轉，亟欲崩潰而出的淚潮，讓我捧了卡片，急急的轉身走出屋外。昏黃的牆燈下，我打開你們躲在樓梯後面輪番寫成的卡片。除了一句一句的「祝老師教師節快樂」外，夾雜著「Happy Teacher's Day!」、「You teach well」。六年來的相處回憶，恍如昨日一般清晰，在淚眼滂沱下，一一重現我的眼前。孩子們！一句「你是我的眼」，讓我在低首沈思之際，心情不覺為之沈重起來。

就在幾天前，屋外暮色已悄然的席掩大地，在學校忙得不可開交的我，正埋首在一堆文件之中。此時，還沒回家的你們，背著國中沈甸甸的書包，前呼後擁的擠進辦公廳。明眼的同事，馬上分辨出你們是來找我的，一聲聲「來找〇老師的」、「來找〇老師的」……，把經過一天繁忙吵雜，才冷寂下來不久的辦公廳給重新吵熱起來。我放下手邊的工作，趨前一一的將你們擁入懷裡。

抱著你們比我還壯碩的身軀，我拍拍你們的背，說：「真好！來看老師……，老師也想你們……」你們羞赧的紅臉，雖然未回諾我隻字半語，但六年相處的深知，我已讀懂了你們眼眸中的話語。幾天後，教師節的前夕，你們送來了鮮花和卡片，我們就在臨海村邊的屋前烤肉、唱歌，與其說是舉行班聚，毋寧說是為老師賀節而來的。孩子們！感謝有你們的相伴，讓老師度過了此生最難忘的一個教師節。

常自忖不是一個認真的好老師，在諸多班規的制定之下，總是缺少了些許溫柔，猶如生活中過於理性的自己，總為自己的腳步，施設了諸多的框架。規行矩步的教學，一如近乎不通人情的生活步調，雖然讓教室裡有了井然的秩序，但卻也缺少了一份知性的感動。我要你們為自己的行為負責，即使是無意弄掉的牆上鐵線，不小心潑灑滿地的牛奶，也要你們克盡己責還原本貌，即使那是老師輕而易舉就可代勞的事，正如我不肯為自己行事的原則，作絲毫的改變一般。

你們犯了錯，明知罰抄課文，只是時間與心神的耗損，實質上並無多大的意義，但嚴如法官的我，卻絲毫也不肯通融。一成不變的教學風格與苛責多於褒揚的作風，讓你們在我的面前是噤若寒蟬，不敢造次的。其

實私下的你們，個個活潑調皮，極盡耍寶之能事，全班嬉鬧哄笑如家人，大家相處和諧，感情融洽。你們的好與壞，透過辦公廳同事的描繪，我總是最後一個獲知的人。孩子們！你們的好，老師常竊喜在心，深深以你們為榮，但卻吝於表面誇讚你們；你們的不好，我總是毫不留情的當面加以厲色責罵，殊不知老師才是教不好你們的罪魁元兇啊！

六年的相處，換取了師生濃得化不開的情緣。畢業典禮上，一曲驪歌初唱，我的淚水再也如關不住的水龍頭奪眶而出。想到即將踏出校門的你們，縱有千般的不捨，也不能自私的將你們挽留；想到今後課堂上，再也見不著你們那一張一張托腮仰視聆聽的小臉；想到每次出國旅遊回來，那份急欲與你們分享心得的衝動，今後，與誰說去？想到離開母校後的你們，是否會忘了這六年來的師生相處點滴？想到你們上了國中，對新環境的雀躍與新鮮感，是否會忘了母校還有殷殷期盼的老師？想到……，孩子……，天若有情天亦老，我願是那無情的過路客，不曾與你們相逢相聚，就不必承受這載不動的離別痛苦了。

光陰荏苒，倏忽已過一年，我們曾相約過一次班聚，天后宮旁的「芽米」聚餐後，全班在華燈高照的縣立運動場，攜手相偕，繞著運動場，一圈又一圈的走著、鬧著、聊著，你們仍敬我如昔，話到口邊總有保留，我深知我永遠是你們心中那無法跨越的鴻溝。

那一夜，一首蕭煌奇的「你是我的眼」，讓我在仔細咀嚼回味之中，有些許甜，也有些許痛……。

阿嬤的黑雨傘

飄過幾場春雨後，空氣中散播著一股清新的香味。野草不見了，田地變整齊了，大地恢復了一片生機。三三兩兩戴笠荷鋤的農夫，在那棋盤格似的田壟間彎腰忙著；像小孩般稚嫩的綠秧，經過綿綿春雨的滋潤後，不約而同的伸出小手，迎向充滿希望的藍空。

夕陽漸沈，門前的廣場上，身穿綠色軍服的阿兵哥，手持碗筷，踏著整齊的步伐，唱著嘹亮高亢的軍歌。他們渾厚雄壯的歌聲，有如展翅翱翔的老鷹，滑過村莊的每一個角落，引來了孩童的圍觀，也叫醒了屋簷底下熟睡的狗兒。

「汪！汪汪！汪汪汪！」一條大黑狗從門後衝了出來，幾隻正從後山覓食回來，在門口準備回巢的雞，被追得半跑半飛。此刻一個黑色的小身影，悄然隱身沒入廣場的一角，靜靜的觀望著。寬闊的廣場上，早已擺置了一盤盤的菜，四盤菜一堆，四盤菜一堆，地板就是天成的飯桌，高高的飯桶錯落在其間。濃濃的飯菜香，瀰漫了整個廣場，把中午只喝了兩碗焦味玉米粥的我，惹得腹中的餓蟲「咕嚕！咕嚕！咕嚕！」的叫個不停。我望著那地上香噴噴的菜餚，不禁猛吞了幾口口水，回頭再瞥一眼牆角的黑色身影，心底想：「阿嬤只喝了一碗玉米粥，她的肚子一定比我還餓。」

阿嬤長得個兒小小的，全身瘦骨嶙峋的，長年都是一襲深色的衣服，她總是把一頭烏黑油亮的頭髮挽成抓髻，盤在腦後勺。衣服樣式雖然破舊素樸，但總還是乾乾淨淨的。不像那住在「大道公宮」右側廂房的「肖春」，除了一頭及背的散髮之外，還一身黏答答的汙垢，更可怕的是她常失態的跑出來嚇人。偏偏「大道公宮」又是我們上放學必經之路，所以每次路過那兒時，我總是提心吊膽的，默默祈禱「大道公」保佑，讓「肖春」此刻正熟睡著或是出門去了，否則又要被她嚇得晚上惡夢連連。

阿嬤的勤勞，從她的打理自己就可以看出，一塵不染的房間擺設，雖然都是些陳舊的桌椅，但總是被她抹拭得乾爽潔淨，所以她住的下房，是我和阿姐最喜歡留連駐足的小窩。「愛物惜物」的觀念，從阿嬤每次外出回來，總是有所斬獲就可以知道，即使是幾片破紙皮，或是幾根枯樹枝，她都會順手把它帶回來當柴燒。尚能使用的破盆爛鐵，更是她資源再利用的對象。有一次，她挪著她那和我一般大的小腳，從好幾十公里外的娘家湖下走路回來，手中就多了一把黑色的雨傘。

我帶著一臉疑惑問阿嬤：「怎麼會有一把傘？哪兒來的？」

「那是在村口的垃圾堆撿的，雖然有點破，但是還可以用。」阿嬤很篤定的回答，好像怕我把她當賊看似的。

「阿嬤有了一把黑雨傘！」這個消息馬上被住在頂房的我們都知道了。但是阿叔雨天下田是穿簑衣的，阿娘雨天出門是戴斗笠的，只有我們兄弟姐妹五個人對阿嬤的黑雨傘感到興奮。吃晚飯的時候，我望著黑雲罩頂的天空，皺著眉頭喝了兩碗一點味道都沒有的麥糊，就三步作兩步的趕緊跑到下房，朝著漆黑的房門內大聲喊：「阿嬤！明天那把黑雨傘借我拿到學校，好不好？」阿嬤沒回應，但隱約中，我好像看到她點了點頭。我原本擔憂下雨的愁容，馬上煙消雲散，化身變成一隻快樂的小鳥，飛也似的跑回上房告訴阿姐這個消息。

「明天會不會下雨？雨傘會不會先被阿兄、阿姐搶走？」我躺在床上輾轉反側，擔心得睡不著，後來不知怎麼的也就睡著了。

隔天，我起了個大早，終於搶先拿到了那把黑雨傘。我興沖沖的繞過「大道公宮」，穿過「金橋潭」，通過一排臭氣沖天的豬舍，向村口直奔而去。一路上，我手舞足蹈，興奮得好像一隻開屏的孔雀，忙著抖動著絢爛多彩的羽毛。不管樹上已結實累累的桑葚，也不理會路旁那酸甜「紅莓消」的誘惑，趕過了很多也正要上學的同學，因為今天我帶了一把傘。

課堂上，老師在台上口沫橫飛，滔滔不絕的說著，我的心思早就飛出了教室。眼睛不時偷瞄著窗外的天空，祈禱著上天，能夠來場傾盆大雨，因為今天我帶來了阿嬤的黑雨傘。上天好像聽到了我的禱告，放學時，不到廿分鐘的回家路程，雨竟滂沱的下了起來，原本排得整整齊齊的放學路隊，一下子全成了鳥獸散。每個人驚慌失措的把早上帶來的雨具拿出來，有的是斗笠一頂，有的是塑膠米袋一個，更有的是麻袋一個，一個角向內一凹摺，就成了一件只能遮後背的披風雨衣，唯獨我慢條斯里的撐起阿嬤的黑雨傘。大家倉皇失措的狂奔著，好像一群落荒而逃的敗兵，只有我像一隻戰勝的公雞，無視於豆大的雨點，昂首闊步的慢步走回家。

在學校裡，雖然老師上課說的都很無趣，但是下了課，就可以跟美羨、阿華一起玩過關、踢毽子、跳繩、食石子、……，所以每天都是快快樂樂的。唯一讓我感到懊惱的，就是坐在我前座的阿美，仗著她爸爸也是學校裡的老師，就三不五時的欺侮我。像今天老師說作業從後面往前傳，她就是偏偏不讓我傳，害得我哭喪著一張臉，卻不敢告訴老師。回到家，我把在學校被阿美欺侮的事告訴了阿嬤。阿嬤瞄了一眼門後那把束著的雨傘，然後摸摸我的頭說：「憨孫仔！乖！不要再生氣了，阿嬤給你五毛錢去買糖吃。」我拿了錢，飛也似的跑到村裡的柑仔店，買了十顆李鹹仔糖，溶在嘴裡甜甜鹹鹹的李鹹滋味，讓我把在學校不愉快的事，拋到九霄雲外。

村裡的阿成伯要娶媳婦了，第一天殺豬公時，豬血米粉我沒吃到，但豬公被五花大綁扛上長條凳時的掙扎模樣，還有阿和叔那把亮晃晃的大刀，往豬公脖子上一捅，血如泉湧的過程，再加上從頭到尾，豬公淒厲的哀嚎聲，把在一旁圍觀的我和美羨、阿芬，嚇得抱胸縮脖的擠成一團。今天阿嬤牽著我的小手要去吃喜酒，我已忘了那天豬公被殺的可憐相，開心得咧著嘴直笑。

當我使盡了吃奶的力氣，好不容易才爬上那有我一半人高的長條凳時，菜餚就上桌了。我跪在長條凳上，指揮著阿嬤幫我夾菜。第一道上來的是炸得油亮的「雞捲」，配上芫荽與微甜帶酸的「醃菜頭酸」，馬上就被搶食一空。第二道端來的是金門請客獨有的「燕菜」，裡面有大白菜絲、酸筍絲、五花肉絲、香菇金茸、蝦米及紅蘿蔔絲、豌豆絲、蛋絲等多種配料。大家手持湯匙，一窩蜂爭先恐後的向碗裡舀，坐在我旁邊的安薯他臭弟，還吃得嘖嘖有聲，滴得滿桌的湯渣呢！阿嬤年紀雖老，但也不甘示弱的舀了好幾湯匙，當然啦！一瞬間的工夫，又是一個碗底朝天。

接著「蝦子炸」、「紅燒黃魚」、「蘑菇瘦肉湯」、「蒸芋頭扣紅燒肉」、「排骨燉芋頭湯」、「豌豆炒豬肝腰花」、「胡椒包與紅燒肉」、「豬肺菜頭湯」和「金門禮餅」，陸陸續續的上桌了，每道菜都被吃得清潔溜溜，盤底朝天，即使剩餘少許，也被有備而來的人，用小手帕一包，準備帶回去與家人分享。安薯和他臭弟就連包了好幾個胡椒包，說要拿回去給他妹妹吃。酒席結束，臨走前，眼尖的阿嬤，看到鄰桌幾塊被遺忘的禮餅，順手就把它摟進懷裡，最後我們祖孫倆才挺著一個撐圓的肚子，高高興興的回家去。

接連著好幾餐，每次叫吃飯，阿嬤都只是吃少許，甚至回應說她不餓。我感到很奇怪，就跑到下房問阿嬤：「你的肚子不餓嗎？怎麼不吃呢？」

阿嬤指指門後的那把黑雨傘說：「人的肚子要像雨傘一樣，有得吃時，就趕快把肚子撐得大大的；沒得吃時，就把傘骨悄悄的收起來，束成一團擱著。」阿嬤說完，摸摸我的頭說：「憨孫仔！長大後你就知道了！」我似懂非懂的點著頭，心裡想著：前天阿成伯請客時，阿嬤吃得下了那麼多的酒菜，那時她的肚子，是不是就像撐開的雨傘？今天她把肚子束起來了，所以就不餓了。

廣場上阿兵哥洪亮的歌聲，又響徹了村子的每一個角落，他們整齊雄壯的口號聲，就像是催促我們上床的熄燈號。我躺在床上，腦中思緒如潮湧，阿叔說阿兵哥只是暫時住在我們的村子裡，有一天，他們總會反攻大陸，把大好江山收復回來的。現在的他們，是不是就像一把束收起來的雨傘？雨傘是不是會有再撐開的一天？明天我得好好的問問阿嬤。想著想著，我竟朦朦朧朧的睡著了。

可惜阿嬤等不及那雨傘撐開的一天，她就走了，去遙遠的天國找阿公。

高三那年，教我們英文的導師在畢業紀念冊裡題的是「若為刀俎，默默忍守；若為鐵鎚，盡力發揮」。我才知道人生並非一帆風順，雖然有時波平如鏡，但也有風起浪湧的時候。每個人都要順其時勢，安守自己的本份，才能渡過人生的每個關口。就像一把傘，有撐開之時，亦有束收之時。

經過這麼多年後，現在不論我身處何境，是愜意的順境或是情緒低潮的谷口，總會不知不覺的想起阿嬤的那把黑雨傘。

本文獲得第五屆浯島文學獎散文組第三名

輯三

心靈捕影

牆裡牆外

有人說：「婚姻是上帝在喝醉酒後給人類開的一個大玩笑。」姑且不管其立論是否中肯，根據從未醉酒經驗的我理解，潛意識裡還是認為存有程度上的差別。

有則笑話是這樣的，把一個人從未醉到真醉，分成了三個階段：酒席開始的「我不會喝酒」，席中的「我醉了」，最後席末的「我沒醉」。醉酒之虛實幻真，實頗費人猜疑，我想識得酒中趣的人，都會發出內心的莞爾一笑。因酒醉而外顯出來的行為，因人而異，正如婚姻這個大玩笑，施於每個人的身上，應該也有不同冷暖的感受。因而千年不變的男女婚姻問題，擾擾攘攘，紛紜莫衷，不論是何種制度，在時空背景的更迭錯置之下，讓解開「婚姻」這個問題的鑰鎖，成了人類鍥而不捨追尋的答案。

近年來出外旅遊，喜歡用一個置身度外的超然角色，觀察同團遊伴的外顯行為，並解讀其中內在的奧秘，成了沿途自個兒解悶的樂趣。

同桌共餐的機緣裡，同團中年紀最長的夫妻，應都已上了古來稀之齡，偕伴遨遊了大半個地球，侃侃談起旅遊經，是一籮筐又一籮筐，絲毫沒有歇停的意思。每上一道菜，做先生的急忙的挾滿自己的盤子後，又體貼的為身旁的老伴也挾滿了一盤，大有撈回團費當仁不讓之慨。另一對年紀最輕，只知尚在讀博士班的年輕人，不知是夫妻或情侶，女孩則一直替男孩挾菜，而且口中喃喃唸著：「這個要多吃……，那個不要吃太多。」男孩不置可否的沈默不語，靜靜的吃著，女孩的嘴角與眼神，流露著宛若老媽一般的慈愛，我想每天離開旅館的行李打包，應該也是女孩張羅處理的吧！另一對中年夫婦，則各吃各的，仿若是來自不同地方的遊伴，今天有緣同桌共餐而已。不同的互動模式，揭示了夫妻平日之間的親疏關係。

婚姻中關係的互動，那是長久時間磨合培養出來的。一位手帕交好友，婚後生活幸福美滿，從不入廚的她，洗手作羹一樣也不會。平日三餐張羅，大多是老公從外購餐回家解決，屋內的洗衣打雜、家務整理，則是好友一手包辦。每次與他們夫婦倆共餐，只要桌上有蝦，不待老公開口，好友總是細膩的為老公剝好，然後放到老公的碗內，從未見好友老公親自動手過。如此溫柔的小女人，卻是一臉幸福洋溢，也常見她輕手為老公理梳髮絲，撫掉臉上的塵屑，夫妻之間那幅恩愛的模樣，總讓我不覺想起樹上比翼鳥，共同梳理羽毛鶼鰈情深的畫面。

生活中，不乏幸福美滿的婚姻例子，但夫妻視如眼中釘的也不少見。婚姻制度原本就是為男人設計的文化產物，過去女人為了生存，任由父母之命、媒妁之言，將一生的悲喜交付在男人手上，圖的是張一輩子的長期飯票。到了近代，男女雖因愛情而結婚，但只要走入婚姻，女人多半還是會失去自我，為家庭、孩子而迷失自己。何況再甜蜜的愛情，一旦落入了柴米油鹽的大染缸裡，最後終會變得索然無味，況且兩性關係一旦成了慣性，就不再有激情，加上人類喜新厭舊劣根性的助長之下，外頭帥哥辣妹的「精裝版」，永遠勝過屋內拙荊愚夫的「平裝版」，婚姻出現紅燈的頻率可想而知。但人類是異於禽獸的高等動物，在維護物種與倫理的捍衛下，婚姻制度有其存在的必要，而一紙婚姻的契約，卻緊緊的拴住兩顆狂放不羈的心，這種制度的利與弊是可預見的。

眾所皆知的回教徒一夫四妻，據說是為了解決戰爭造成女多男少的社會問題，如今在男女人口比例相差不遠與養育孩子的艱困情況下，已鮮見一夫多妻的婚姻。據聞中美洲的索西族兩性關係，婚姻則是一紙一年期的契約，期限到了便得履新，若一方不肯，婚姻關係便自動消失。若有了孩子，則歸母親，父親必須按時給付養育費。在婚姻關係日漸低迷的現代社會中，索西族這個原始村落的婚姻制度，倒前衛得令人咋舌。

「婚，女昏也。」是我對「婚」字的解讀。亙古以來，男人手捧玫瑰，送上鑽戒，高貴跪姿在女人面前，成了求婚的經典畫面。鳳求凰的戲曲經年演不盡，但婚姻的悲劇也不遑多讓，時有耳聞。牆外的對牆內分外好奇，牆內的則盡往牆外擠，這詭譎的婚姻關係令人撲朔迷離，女人「昏不昏了頭？」是其關鍵所在。一個點頭、一句「我願意」、……，鋪陳下來的是齣婚姻的喜劇或是悲劇？只有天知道。

抉擇

天地豁然開朗起來了。她做了一個夢，昨夜。

有些夢可能是來自於潛意識裡更深底層，也許是前世遺留下來的最後影像，也許是對來生存有的憧憬。

她站在山稜線上，顫慄的雙腿，一步一步踉蹌的往前挪，每一步都是那樣的戒慎恐懼。蜿蜒綿長的山稜線，是駝酸了多少年的山背聳出來的，就像她會邁著雙腿爬上山稜，那也是多少年來積鬱的促成。天空是微藍的青，有些浮絲般的雲飄著，似有似無，不細看還看不出它的存在。耳邊的風是竊竊私語的笑著，彷彿穿梭在里鄰巷弄間的蜚短流長。但天地是寬的，這是不容置疑的。

山稜的兩邊都是深邃的谷底，兩腿承受的壓力和心頭的恐懼，讓她不得不用雙眼左右覷著。自小，她是一個膽小的女孩，向來只有乖乖聽話被欺負的份，雖然家中的哥哥姐姐總是像母雞護小雞般的寵著她，但那更加的讓她像溫室中的小花一般，碰到與人爭論時，話未說，兩行不爭氣的淚，已如出谷的溪流，汩汩而下。哥哥姐姐常笑她，是么女吃不到娘奶，所以身子單薄，連跟人家理論的力氣都沒有，平時講起話來，聲如蚊蚋，遇到耐性不夠或是粗聲粗氣的人，沒把她的話聽進耳裡是常事，這讓她更加的不喜歡說話。默角，常是她扮演的角色，尤其是人多的地方。其實在她的內心深處，有著一個屬於自己的執著舞台，安靜的背後，藏著一股異於常人的韌性，事情到她手裡，很少沒有不達成的。平時一臉笑意，但碰到一件初始恨癢癢的人或事，可能連詛咒的話都可以出口，但沒幾天的工夫，如鋼般的恨意，卻又化作繞指柔，像入口即化的豆腐般，消化得快。

如果沒有人注意她，她常是靜靜的，恍若不存在一般。這也合理，向來就不喜歡說話的個性，再加上內向羞怯，不像其他女孩嘴巴隨時都像含蜜般，見了人，不是「叔公……」，就是「嬸婆……」，一聲比一聲甜。她總是怯生生的，好像一枚長在枝葉末梢營養不良的酸果，逢了人都要掩口遮臉，吐不出半口甜味來。

生命就像四季流轉般，求學、就業、結婚、生子、……，一路順遂得像一條不起波的死河，但命中的天府兼文曲星命格，卻讓她有著潛龍飛天的欲望，不甘如此一路至生命的出海口，宛如一條被工程師規劃好的河道，什麼時候轉彎，什麼時候俯衝，都被默默的安排了，她要選自己的河，走自己的路。

牆上的鐘已掛了廿多年，外表雖看不出什麼異狀，但鐘擺的速度卻一天比一天慢，宛如一個疲累的工人，直打著哈欠喊累。廿多年了，這也難怪，一件再新鮮的事，哪堪廿年柴米油鹽的調理，久了，想必也膩了、累了。

牆上的掛鐘是她結婚時，一個手帕交的同學送的，習俗裡說忌送傘和鐘，但手帕交說祝她的婚姻「有始有終」。像到了她這種年齡，看到訃聞不再只看兒孫是否滿堂，而是掐算壽終者的年齡，對生命還能存有多少的冀望？婚姻對她而言，只是遮住陽光的一張黑網，長久的沈滯，一股脫而欲出的衝動，讓她產生了無比的掙脫力量，是「有始有終」也好，是「無始無終」也好，該停該放的，一點也不由人，命運總是適時的要來攪局捉弄一番。

鐘終於罷工了，正如她的婚姻一般，走到了山窮水盡之處，再也無起死回生的可能。婚姻是人生一門錯綜複雜的功課，不是三言兩語就可以說清楚的，更非局外人可解套的。兩個沒有交集的人同處一屋簷下，若不是為了維繫生命的苟延殘喘，寒夜裡，有一碗溫熱的粥可吃；再不就是為了遮掩社會世俗竊笑的眼光，那麼同床異夢的生活又有何意義呢？

山稜上雖然驚心動魄，隨時有著摔落粉身碎骨的結局，但與其如行屍走肉般的挨壁爬行，她寧可選擇站在山稜上，至少上面的天地是寬、是闊的。

前世今生

子不語「怪力亂神」，古之至聖先師孔子如此，今人如我，向來亦如是。孩子幼時受風寒染病，褓母堅稱是出門沖了煞，需拜神送鬼才得以保安，我則堅持送醫看病，最後總是落得大眼瞪小眼，兩相怨懟。生活在拜神祭祖活動頻仍的小島，年輕時，看週遭的人應對習尚禮俗，也像小媳婦般亦步亦趨，忙進忙出，所拜何神、何鬼？一如小和尚唸經，喃喃不知所以。

年歲漸增，看週遭上了歲數的長者，吃齋禮佛，虔誠唸經，進廟燒香拜神，仿若進自家廚房般勤快，內心不覺為之納悶：「有那麼神嗎？」瞧他們擱下今生之憂不去解，卻將未來的答案，託那無言的神與菩薩，行徑仿若西藏教徒，不求今生順遂，但求來世富貴，腦中不覺也疑雲罩頂：「真有前世來生？」

「老王賣瓜常是自誇」。此例不獨水果老王如是，即令菜販小李亦不遑多讓。一次，菜攤前，有人問：「冬瓜煮得爛嗎？」聽到這種送入洞房又要包生子的苛求，讓站在一旁的我，不覺為之莞爾一笑，難不成老板娘每樣菜都曾下鍋試吃？菜販都如此自誇，水果攤前聽得老板回答：「很甜、很甜」，那就不足為奇了。緣於人性大皆如此，常陷於自矜而不自知。在教育工作崗位上，誤人子弟近半甲子，一路走來，從台上初始的意氣風發，到如今的沈重無力，深深感覺到教育力量之有限，每個孩子天生的個性氣質，才是決定他未來成就的關鍵。

社會的多元，家庭結構的複雜，單親、隔代、新移民，讓家庭的功能日趨衰弱，培育出來的孩子，也越來越讓大人感到棘手。很多孩子的天生氣質兩極化，若不是過度懦弱自閉，便是過度張狂自我。個性兩極化的孩子，在課堂上讓老師困擾傷神；在家中，父母的煩憂愁懼亦不能免。

好友S婚後育有兩兒，併為一「好」字，人生至此應屬無缺無憾，功德圓滿。但兩兒生性迥異，一為天真純潔，性情溫婉，一張笑臉可將人溶化，即使眉頭深鎖，心結難解之人，看到那甜滋滋的笑容也無法招架；另一兒則是磨人精一個，平時狀若正常，「黑肚番」一起來，是兩頭蠻牛也拉不回來的，所幸S耐心無限，遇到小兒耍性子時，總是輕聲細語，又是愛、又是抱，直到把小子的牛脾氣扭回方休。問她何以有此能耐？她回答得巧：此小子乃是前世追求她未果的情人，為權衡計，前世已允諾今生讓他做她兒，以了前世未能相攜相偕之憾。她每思及此，為了還前世累欠的情債，今生發願要善待她兒，絕不動怒於他。如此感人的故事，聽在鐵齒如我的耳裡，不覺也為之動容。

應該是吧！地球上六十多億人口，若不是因緣相會，今生為何獨獨與那少數相關的人，有的緊緊相依相戀，甜蜜幸福一生，有的則是苦海逐波，掣肘折磨一生？前者定是前世功課修得圓滿，今生才能享共效于飛之樂，後者則是功課未了，今生只好繼續苦修。不唯夫妻男女愛情如此，父母子女親情如此，師生朋友之誼也是如此，每一個與自己生活息息相關的人都是如此。

人與人的情緣如此，發生在週邊的每一件事，又何嘗不是如此呢？為何有些事，不需投注太多心力，做起來駕輕就熟如反掌折枝，樂在其中而不疲；有些正好相反，雖耗盡精力，做起來卻如隔山重重，厭煩倦怠叢生，一事難成。這應該都是前世累積下來的努力所致吧！

每一個人若都能秉此意念，今生若逢一個願手牽手，共同陪走一段路的人，或找到一件樂此不疲之事時，就該好好的疼愛珍惜，畢竟那是累世努力得來的甜果啊！至於感到棘手的人或事，那定是前世未完成的功課，今生只好繼續苦修，此生若不咬牙苦撐，來世必定還要再續重修，直至修畢完成方止。如果能做如是想，在意念轉圜之下，欣然接受此生所有的功課，自然就不會再為那不順遂的人或事而苦惱傷神了。

教育之力量雖是有限的，不能如老王和老李的自賣自誇，但卻是上天交付的今生功課，就把個性兩極化的孩子，當成是前世未修成的功課吧！

夢正年輕

年靠半百，再進女人專屬的診間，想來也知，絕非為肚大傳宗之事，而是專為女人一生中第二個危機而來。季節交替之際，再加上Ｈ１Ｎ１流感肆虐之下，為了可大可小的生活困惱，再進那病菌滋多的醫院，著實造成內心莫大的恐慌與掙扎。最後選擇在口罩護身，警惕雙手不碰觸院內物品之下，毅然決然的，利用假日的一個早上空檔，來到了金門最大的醫療機構問診。

等候看診的時間，永遠比看診時間漫長無數倍，懊惱與不耐的心情，如波濤澎湃一次一次的叮嚀自己，平時要多注意身體健康，病痛是種身體有形的折騰，但寶貴生命的浪費更是一種無形的虛耗，在得失之間，痛苦的何止是那向上天借來的臭皮囊？讓人扼腕的，應是比之更珍貴的生命時間啊！

進得診間，只為口語上的諮詢，著白袍、個小五短的醫師，戴著一副眼鏡，有個陌生的名字，應是從洋的那一邊，渡海來助診的，一樣口罩護身，他偷得可坐下來歇息的空檔，雖看不到臉上的笑容，但語甚親切，第一句就問：「妳是〇〇〇嗎？」我點頭如搗蒜，他再追問：「妳真的是〇〇〇？」我歪著頭，抱著如假包換，一臉認真的問：「有什麼不對嗎？」他釋然的笑出聲：「妳比實際年齡年輕太多了。」臨別前，他一反醫師應有的專業常識，竟把口罩脫了下來，四十幾歲多的模樣，微鬆的嘴角，似乎也在告訴我，他正年輕。

回程中，思緒如泉湧，回顧這一年來，單飛的日子，讓自己在人生的轉折谷口，嗅到了春天的氣息，一顆年輕澎湃的心也如彩蝶般飛翔起來，人生的得與失，已是難以斷定的答案。不獨週遭親朋好友，見了面都是一句：「妳越來越年輕了。」聽著聽著，耳根竟也麻木了，總想：稱讚一個人年輕，不也正意味著你應屬於老之一輩才是；也或許是應酬恭維之詞；再說事實之真相，絕不會因稱讚或貶抑，而有所增減啊！

一顆平常之心，讓我總是靦腆以對這些稱讚之語。直到今天稍早，騎車與兒子要去吃早餐的路上，碰到一個高中死黨，後來漸疏的同學，正攜著兩個幼子下車。數年未見，我停下腳步，用著興奮高亢的聲調向她打招呼，她劈頭就是一問：「妳怎麼比以前還年輕？」簡短的一句，讓心情有了些許的欣喜波瀾。如今，一個渡海來助診的陌生醫生，一句「年輕」，終於讓心情飛揚了半天。

有人說：「年輕」兩字，是售貨員最佳的利器，只要對購物者冠上「年輕」二字：「這件衣服穿在你身上，看起來很年輕」、「這雙鞋子讓你更年輕了」、「吃這個會讓你更年輕……」，貨品絕對可脫手而賣，可見「年輕」是多麼誘人的一件事啊！

「人生不滿百，常懷千歲憂」。人生也不過數十寒暑，用「白駒過隙」實不足道其匆促與短暫。外表的衰老，是時間殺手的殘酷使命，是每一個人都難逃的噩運，但真正催人至衰老死巷的罪魁禍首，應是心中那把看不見的「憂」刀，它讓人足以把憔悴蒼老掛上臉龐，把老態龍鍾背在身上，所以永保一顆無憂的心，是使自己年輕的不二秘訣。

多年前，看過一個年與自己相仿的同事掌紋，密密麻麻的紋線，彷彿是一塊久旱龜裂的枯土，更像一張佈滿風霜烙痕的臉，找不到一塊光滑的掌肉，看相的說，那代表著人生閱歷的繁雜與愁苦，再看看自己手上那幾條清晰可數的紋線，光滑宛若剛出世的嬰兒，是啊！人生已夠苦了，何必再為那困蹇勞頓的旅途雪上加霜呢？凡事簡單思考，凡事善念存根，凡事樂觀豁達，這何嘗不是使自己年輕的法寶？

「近朱者赤，近墨者黑」，說明朋友的重要性。多與年輕一輩，或樂觀開朗的友輩相處，在笑聲滿溢的生活裡，人不年輕也難。是上天的眷顧，終日周旋的是乳臭未乾的小蘿蔔頭，若用大人的角度來衡量他們的所為，定有著「題題錯，事事非」的氣惱，若能放下身段，用他們的眼光來平視，天地竟也寬闊起來了，原來小孩的世界，竟是這般的可愛。

帶著連隊都排不好的小一孩子，到操場射紙飛機，場邊看臺上，一聲聲：「老師！我跟你比賽！」每人爭著牽拉我的衣角：「老師！我也要！我也要……」，瞧他們因跑上跑下而微喘、紅通通的臉頰，我應接不暇的頻頻點頭，摸摸他們的頭，射過一隻又一隻的飛機，彷彿帶著年輕的夢在空中飛翔，笑聲迴盪整個操場，一顆年輕的心也跟著起飛了。

永保一顆好奇、學習的心，更是使自己年輕的動力幫浦。把握每一個學習的機會，塑一個永斟不滿的知識空杯，讓每天的生活處處充滿驚喜。讀研究所時，教授舉過學習最深刻的例子，莫過於九十三歲的某知名長者，雖已屆入土之齡，但仍常常拄著微顫的拐杖，催促著家人說：「再不趕快，我上圖書館要來不及了！」那活靈活現的「活到老，學到老」的畫面，讓處於後生小輩的我們，能不感到汗顏嗎？相信近期頤之壽的他，應該也是一位永遠年輕的學者吧！

久違的朋友，下回碰到我，若也問：「妳怎麼越來越年輕？」我一定會回答你說：「我有回春藥丸數瓶，你要不要食用？」

偷花情事

在四處杳無人聲之際，偷偷摘朵心儀的花兒，我曾做過。但趁著暗夜無人之時，扮起偷花雅賊，連花帶盆的乾坤大挪移搬回家，那種暗巷欺人的勾當，我就從未幹過。

閨中摯友有次就笑語如鈴，一臉燦爛的向我訴說那段發生在她身上，逮到隔著一條巷子偷花賊的趣事。一件原本應是橫眉豎眼，氣得臉紅脖子粗的盛怒之事，卻被她雲淡風輕的，說得像是發生在千洋萬海之外的芝麻小事，連我這個傾聽者，也不禁被她那怒中帶嬉的神情和語態，感染得笑翻了天，直不起腰來。

彼時終於深刻體會到，原來再怎麼天大的事，尤其是已經發生的事，如果連「亡羊補牢」也無濟於事的話，就犯不著再賠上自己的心情，那是多少痴痴眾生仍未參透的禪理啊！

一個感性的人，在心靈的某一個深處，總會為周遭一切美的事物留個角落。閒暇之時，能與花草為伍為伴，信手做些拈花惹草的閒逸之事，我想那應是一種愉悅的享受。摯友滿是愛心，是個平易和善的女人，除了注重居家室內氛圍的鋪陳外，屋外更是花花草草簇圍著。雖然她從未告訴我，把心愛的花放在如此招搖的地方是什麼原因，但就我多年與她相知的直覺，那分明是本著美好的東西要與人分享的想法。反觀我，即使也是喜歡栽花種草，但對那花草的愛護，就未若她的慷慨了，我總是把它安放在認為最安全的角落，就像安置自己的情感一般，不輕易與人分享。

摯友發現她的花一盆一盆的不見了，那是很久以前的事，她曾輕描淡寫的向我提起過，我們也只是把它當作茶餘飯後的笑談，從未認真的去追究。直到那天，她仍如往前般，帶著一雙兒女在社區中閒逛，欣賞著各家各院的庭栽盆花時，發現隔著一條巷子後的一家盆花，開得特別的艷麗、張狂，讓她駐足留連了許久。這不瞧還不打緊，一瞪眼仔細看個清楚，怎麼感覺特別眼熟？原來……，原來那不就是她親手捏的盆、栽的花嗎？剎那間，就像尋著了失散已久的愛侶般，一縷長久思念的牽引，讓她即刻進屋與屋主理論，沒想到出來應門的竟是一位年邁的阿婆。初始，好友還很客氣的就教於阿婆，誰知阿婆除了矢口否認外，還將責任推諉於家中的小孩，甚至口出惡言，結果兩人三句話兜不攏一句的，就這樣唇槍舌劍的爭鋒起來，……。

這件偷花情事的結局不言而喻。好友雖然搶回了些心愛的花，但也在百般無奈中，硬是睜眼看著一些親手細栽的花兒，被安置在他人的庭院中。當她悵然轉身之際，又豈是「遺憾」兩字可道盡彼時情景？想著人生情事何嘗不也常是如此這般？多少人在心田深處，一手細心呵護的幼苗，常安置在無設防的情境中，不經意的被他人竊取卻渾然未覺，直至發覺，悔之已遲。若是竊取者肯原璧奉還，倒也是美事一樁，但人生事常與願違，接踵而至的悵然若失與種種的糾葛難清，失竊者除了在聲聲無奈中，強為「遺憾」畫下一個休止符外，別無他途，因為嘆氣是你自個兒的事，吹不動的是他人心中的天氣啊！

其實若同是愛花者，想必也都能善盡照顧花兒之責，花兒在細心的澆灌之下，自然都能獲得蓬勃生長。人若能做如是想，花兒被安置於何處，那已無關緊要。雖然割捨心愛花兒，一時想必是痛徹心扉，難捨之情，臆想可知。但只要花兒適得其所，種花、愛花者的用意，不也是希望它能長得青綠茂盛、開得花團錦簇？既是如此，捨些花兒又何憾之有？

衡諸愛花者與花兒的關係，推而衍之，世上匆匆過客，又有幾人能看透人生聚散終有時的道理？今日，因緣際會讓我們得以同台演出；他日，我們或將成為陌路，僅在偶然相遇的瞬間，錯肩而過，同為那張似曾熟識的臉龐而訝異，但彼時已非此情此景了。所以在笑看人間聚散無常的輪迴下，何不留一半清醒，留一半醉，在人生的風景上昂首闊步，瀟瀟灑灑的走一回？

我是小人

學期將終，緊鑼密鼓的期末評量結束後，學校在最後一天，也舉辦了社區服務大掃除。孩子們個個雀躍不已，因為能夠走到校外，到社區去遊晃一圈，對他們而言，就像久錮的籠中鳥被釋出般的興奮，即使他們對拿掃帚、畚箕是那麼的笨拙與生疏。

瞧他們笨手笨腳的支使掃帚，有若擒提關老爺的青龍偃月大刀般，左開弓、右使勁，硬是不聽使喚，我不覺為之感到莞爾。社區有沒有因為他們的服務而更乾淨，那已不是挺重要的事了，重要的是在服務的過程中，讓他們體驗付出的意義與價值。

回程中，班上的小恩跟我邊走邊聊，我指著住戶門前，栽種在保麗龍盒裡的草莓、紅蘿蔔、蔥、……，一一的向他介紹，他似懂非懂的，仰著小臉對我頻頻點頭。孩子相當的純真可愛，每次上課，遇到要差遣人去向外求援，或到辦公廳拿什麼的，在爭先恐後的舉手中，我最喜歡差使他，雖然他的腦袋瓜總是算不出老師黑板上教的加加減減是多少，也搞不懂時鐘的長針和短針有什麼區別，更分不清ㄌ和ㄉ的唸法，但上課時，他那樸直誠懇的臉孔和兩隻專注的眼神，總讓我忘了他是個學習遲緩的孩子。熱心過人的他，也常像００７情報員一樣，神秘兮兮的跑來密告我，說班上「五虎將」在下課時，又幹了哪些壞事勾當，我常報以一笑，然後摸摸他的頭，告訴他先管好自己，那會讓老師更喜歡他。

小恩家就住在社區的外圍，離學校約需十五分鐘的路程，每天媽媽陪著他們家三兄弟，風雨無阻的走路上學。他指著另一條捷徑告訴我，說那也是到學校的小路，我提高嗓音，用半開玩笑的口吻跟他說：「小路是給小人走的，大人要走大路。」本來要脫口而出的「君子」兩字，想到小一的孩子哪懂什麼叫「君子」，只好硬生生改成「大人」。看他一臉疑惑不解，我腦筋一轉，趁機低聲問他：「你是大人？還是小人？」他摸著跟他老爸同一個模子印出來的腦袋瓜，思索了好幾秒，然後仰著臉，肯定的回答我：「我是小人。」我忍著差點岔出口的笑聲，牽著他的手，一路繼續走著。

沒一會，讀四年級的小恩哥哥，也追趕上我們，我把剛才問小恩的問題，再依樣畫葫蘆的拿來問他。小恩哥哥精明多了，他好像知覺到這問題是個陷阱，非得腦筋急轉彎一下不可，所以思考了半晌，才謹慎的回答我：「我是四年級。」我繼續追問他：「你是四年級，但你到底是大人？還是小人呢？」在二擇一，別無退路之下，他最後也像小恩一樣棄械投降的回答我：「我是小人。」這回抑壓在口中的笑聲，終於像決堤的河水，潰決而出，讓我一路狂笑到學校。

純真無邪的孩子天地，犯的錯皆無關小人之舉，有的應是無心或無知之錯。唯有大人的世界裡，在知識堆疊與教育力量的作祟之下，為的才是處心積慮的小人之過。生命中曾遇到數位貴人，讓我在求學階段與平凡的職場中，有發揮潛能的舞台空間，雖然最後呈現在眾人面前的，並非是滿堂喝彩的演出，但常期許自己，不

必是那最閃亮的主角，但一定是那最賣力的一員。我想人同此心，沒有人願意成為他人生命中的小人，有的皆是貴人的期許。但紛紛擾擾的紅塵世界，何來那麼多的紛爭與不平？肇因於每個人對「貴人」與「小人」定階的差異吧！

舉個例子來說：隆冬時節，屋外是冷冽的寒風，大人搓著雙手直哈氣喊冷，孩子東跑西竄，一臉紅咚咚，衣服一件一件的扒，大人在護幼、心疼之下，催促著他們穿上衣服，以免受寒著涼，孩子一臉不領情，最後在大人的聲威恫嚇之下，孩子不願屈服的穿上衣服，但結局可想而知，雙方必然是互相怨懟，不歡而散，如此例子在現實生活中屢見不鮮。

用自己的立場與知覺，去體諒他人的感受，不容置喙的是同理心的發揮，但人心豈能用同一把尺去丈量？所以做人難，做好人更難，一心要為貴人，結局竟反成小人者，比比皆是。

教育的本質無他，讓每個人皆能本其初始的慈心善意，藉助教育的力量，站在知識巨人的肩膀上，實現其成為貴人的夢想吧！期望人人皆能走在坦然的大道上，像孩子般無邪的大聲說：「我是小人……，但我的目標是成為他人生命中的貴人。」

苦

少了苦，甜就不再是甜了！

以每個人「如人飲水」的體會，我想滋味，何止酸、甜、苦、辣而已，用「五味雜陳」也道不盡其中的千分之一。若再以等級不同的分法，就像杏林子劉俠能夠把痛分成「小痛、中痛、大痛、劇痛、狂痛」五種等級，每種等級的濃淡不同，予每個人的體會也將有異，所以滋味足可紅綠、深淺、濃淡、……鋪成滿滿一缸的繽紛世界了。

餐桌上，最常見的苦味莫過於苦瓜了，翠綠的苦瓜搭上黃白相間的鹹蛋一炒，成了清爽不膩的一道菜，像清清淡淡的夏日衣飾。會把這道菜端上桌的，應是一位「熟識大體」的美廚良醫，他明白苦瓜對身體的好處，可以排毒、清肝、降火氣。會舉箸一口一口的，把這完全排不上「美味」之列的食物，祭進五臟廟裡餵養的，那也一定是個曉得「吃苦」背後的收稷，可以增益其所不能的道理的人。小孩子常是不屑於瞧它一眼的，就像見了即將狂撲而上的惡犬，逃之唯恐不及，遑論要他們伸出安撫的友善雙手了。對吃苦有啥好處，既然一無所知，那又何必「自討苦吃」呢！

再談「苦茶」。時下泡沫飲料店充斥滿街，三步一小店，五步一連鎖。一到夏日，生意就像蒸籠上的熱煙，衝而燙手，不可遏阻。琳瑯滿目的茶單上，奶茶、果汁、紅茶、綠茶、咖啡、……，種類之多，足可密密麻麻的填滿一張圍棋盤，在慎選了「環肥」，又覬覦「燕瘦」之下，只恨肚腸只有一副，千江之水，只能取一瓢飲。不論是全糖、半糖、少糖，甚至無糖，就是獨不見有苦味的飲料。苦茶，既然如此不受寵愛，與其成了「冷宮」棄婦，倒不如將其排除在「眾妃」之外，也落個非棄之美名。在飲食品味上，人們喜甜厭苦，從這小小幾見方的櫥窗，即可尋到不滅的證據。

苦不苦，也視個人的嗜好與心境而有不同。在嗜好上，有人視酒如命，一天不喝，渾身難受，做起事來乏力缺勁，酒對他而言，是天降之瓊漿玉液。但也有人視喝酒為苦，避之若穿腸毒藥，沾之唯恐蝕骨喪魂，所以細看酒筵中，靜坐一角，低頭猛吃菜的，必也能體會其苦境了。在心境上，常耳聞「甜蜜的負擔」一詞，既是負擔，何能甜蜜？若沒有以愛為出發，化苦為甜的心境，如何成之？

食物之苦，可以繪聲繪影，只要曾親嚐過的，必也能八、九不離十的體會出苦者之苦。所以在訴苦之餘，不難找到一個心領神會的相憐者。但心境之苦，則是一種孤寂的苦，只能自己暗暗的咀嚼與承受，那時才會理解「孤寂」是人一輩子的朋友。生，一個人孤單的來；死，一個人落寞的走。

心境之最苦，莫過於情苦。「情」這個字，不知勒痛了多少有情人的心肉？有情無緣，不能長相廝守是苦；有緣無情，互相折纏難離亦是苦。一個明白「苦」是帖淬鍊心志最好良藥的人，才能體會其滋味之深長，它能讓你從心底驚覺，在淬鍊人格的旅程上，滋生更強壯的意志。所以面對那一道道刻骨銘心的情苦，我們更該合掌感恩那一次次的情厄，它們讓你在情感的茁壯上更趨睿智與成熟。

常聽大人帶著悲憐的口吻說：「現在的孩子沒有吃過苦！」孩子雙手托腮，一臉無辜，用迷茫的雙眼看著大人世界，總猜不透說的是誰，是隔壁家有兩個菲傭的阿毛？還是爸爸是三家公司老板的阿發？咱們家既無菲傭可供差遣，又無多餘的零用錢供我花用，應該不是指我吧！孩子之所以對「吃苦」如此陌生，與現今父母的教養方式不無關係，太多的孩子是被父母鎖在眼皮下，捧在掌心呵護長大的。太輕，怕被吹走了；用力，又怕捏碎了，沒有「苦」作肥料，養成了一代溫室中的小花，株株珍貴，朵朵嬌嫩。他們既不知「苦」之能淬鍊心志，當然就更不知「甜」是用來慢慢品嚐的，至於大把大把的揮霍「幸福」，那就更不足為奇了。

世上每個人若都能有「苦人所苦」之胸襟，想到受苦之人的難處，隨時給予憐憫之關愛眼神，厚以撫慰的雙手，這個社會必然少了些暴戾與爭端。不論是食物或心境，人皆喜甜厭苦，這是不爭的事實，不信的話，他日在飲料店，你若能聽得有人問：「小姐！你們有賣苦茶嗎？」我輸你一塊錢。

誰改變了誰

時間是訴說故事的人，他把人催老，也悄悄的改變了一切！

直至幾年前，都一直認為自己是一個非常理性的人。窺伺周遭一些朋友，前一會兒還笑語燦爛如花，臉上滿是亮閃閃的陽光；後一會兒卻又委屈如草，被低沈氣壓籠罩得迷失了自己。生活上一個小小的驚喜或錯愕，就是一整天情緒升降的指標。對她那一會波平如鏡，一會又驚濤駭浪的心情寒暑表，常不以為然。總覺得一個人若能永保恆溫般的穩定心情，生活即使如白開水般的平淡，那就是人生的幸福了。

情緒的起伏，似乎跟一個人對外界事物的知覺，有著很大的關係。一個具有敏銳知覺的人，看山不只是山，看海更非只是海。就像一個擅於奕棋的人，總會瞻前顧後的聯想到很多的預想棋步。知覺靈敏的人亦同，能夠天馬行空的聯想，觸類旁通的把單純的景象，變成了一幅多彩的圖畫。所以知覺靈敏的人，常被那細枝末節的情緒「綁架」，成了一個多愁善感的感性之人。

對知覺這回事，向來除了觀察力和嗅覺尚差強人意外，其餘的皆不敢在人前稱雄。雖不認為應歸屬於「愚笨」一族，但耳既不聰，目更不明，所以亦不敢以「聰明」自居。除此外，味覺更是遲鈍有餘，品茗無分好壞，細口啜飲與引頸牛飲同味；美食當前，食指更鮮少大動過，總認為再難得的珍饈美饌，人也是只有一個胃，圖的不就只是一個「飽」字吧了！知覺既是如此的遲鈍，生活上很多細微的變化，也就視為理所當然了。情緒既然永保常溫的穩定，遇事沈著冷靜，「理性」之稱自然就不脛而走了。

曾幾何時，時間這無形的過客，悄悄的來，又悄悄的改變了一切。

知覺的敏銳起來，應歸功於心的甦醒，心是所有知覺的樞紐，它帶引了所有知覺的腳步，從那死胡同的窄巷迤邐的走了出來。全身的細胞就如同吃了人參果般的被喚醒，知覺也跟著鮮活、舒暢起來了。豎耳聆聽，大自然四季演奏的樂章，不論是窗櫺外呼嘯而過的北風流浪客，或是林間纏綿的呢喃鳥語，還是運動場邊孩童嬉戲的笑逐聲，皆是耳際曼妙的舞曲。凝神眺望，天地宇宙間的萬種風情，不論是重疊遠山外的落日夕照，或是沼澤泥地裡比翼的白鷺飛影，還是深邃蒼穹的一彎蛾眉淡掃，都是眼簾下悅目的饗宴。

知覺既已鮮活、靈敏起來，原本黑白的視覺，成了色彩的探照燈，隨時搜捕著那絢麗多彩的世界畫布；單音的聽覺，成了擴音的吸納箱，無時追尋著那美妙和諧的天籟之音；遲鈍的味覺，雖不至於成了美食的獵捕者，但在細細咀嚼品嚐之下，各種滋味也漸漸的在舌間增長溢開了。

人既有七情六慾，所以知覺給人的感受不盡然全是愉悅的，它既能將人的情緒帶至極樂的巔峰，亦能將它沈淪至萬劫不復的深淵。當知覺順意時，心情就如窗邊搖曳的風鈴，發出串串銀鈴般的笑聲，響遍生活裡的每一個角落，連周遭的人也受到喜悅的感染；當知覺受到抑鬱時，又如獨飲一杯不加糖的濃烈咖啡，留存在舌間的苦澀和胸臆間的痛楚，激盪翻騰得讓人悲欲抓狂。

時間未著痕跡的把我從理性引渡到感性的這一條路上，我竟渾然不知，直至驀然回首，才恍然了悟自己身處之境。如今的我，在多愁善感的感性國度裡，恣意的感受生活周遭的一切變化，體驗生命的絢爛多彩，這應是時間這過客悄悄的在我身上施展的魔力，但我仍不禁要問：「是時間改變了我，還是我改變了時間？」

活出自我

悠悠暑假，偶爾也需為開門七件事煩心。

不上課的日子，偶爾在自然醒來後，騎了車，就逕往人多喧鬧的菜市場走。為了買那三根蔥，兩塊豆腐，常折煞不少幾天閉關修養的一點閒雲野鶴性靈。這兒「來哦！來哦！五尾一百！」那兒「小姐！要買蚵嗎？」望眼看去，盡是東挑西揀，嫌肥厭瘦的購物鏡頭；為那三元、五元，討價還價之聲不絕於耳；販夫走卒唇舌爭巧的畫面，不時躍入眼簾。這就是市囂紅塵，我們每天的生活嗎？

回憶小時，日上三竿晏起後，老媽常已是一身汗水淋漓的屋裡屋外，忙了好一陣子了。洗衣、餵豬、剝花生、……。但她也常在分身乏術之際，藉著阿坤嬸來借個米篩的時候，兩人就「長屁股」的聊了起來，從村頭阿發伯媳婦穿了件紅色短裙，到村尾永壽婆遠房親戚從南洋寄來了三塊綢布，她們就可以聊得交頭接耳，一副神色曖昧。

在她們竊竊私語的當際，眼睛餘光也不時窺伺著門外過往的路人，深怕一個閃失，那一嘴的繪聲繪影，將成為空氣中的擴音喇叭。最後嘴皮要累了之後，阿坤嬸總不忘拍拍屁股，然後語帶驚急的說：「哎喲！我還要趕著去菜園澆菜呢！」老媽當然也會趕緊附和上一句：「糟了！我還沒餵雞呢！」看在小小年紀的我眼裡，不由得也在心頭嘀咕起來：「事情都做不完了，還有時間議論是非？」

貧窮生活的磨難，常讓人陷入了身心交瘁的窘境，全家無一人可倖免。即使只是略懂人事的小孩，也需為生活的苦計，上山耙草，下田幫忙，盡自己小小的棉薄之力，那是人世的悲哀。如今生活的富裕，科技的發達與進步，讓人們不需再為生計矻矻不息，困乏其身，生活應感到更為舒適幸福才對。但事實卻常不然，物質生活的充裕，卻無法敉平人們心靈的空虛，反而讓更多不甘寂寞的人，寧可捨安逸悠閒的生活，投入了煩擾的市井生活。

常見腳上趿拉著拖鞋，一臉慵懶倦怠的阿嫂，手提菜籃從菜市場返轉回家，籃內只有三兩樣菜蔬，他們家沒有大冰箱嗎？她上市場的目的，無非是要去看看熙熙攘攘的購物人潮，和菜販、蚵仔嫂說說話。更曾聽聞過遠住人煙罕至的鄉野人，每天開車一個多小時到市區，為的是買一杯咖啡，其目的無非也是要看看人來人往的熱鬧都會景象，和咖啡廳內的侍者抬抬槓、聊聊天。太多的生活事例，明白的告訴我們，物質的安逸，未必就一定會帶來心靈的愜意快樂。

恬適心靈的涵養，是需要琢磨、灌溉的。看看天上飄遊白雲，聽聽風聲浪濤，望望日落夕陽，吸吸清新雨味，無處不令人心喜，無處不讓人心動。斜靠沙發，在樂聲裊裊中，閱一本好書；手持花鋤，在清晨微曦中，種一盆茉莉；騎上單車，在暈黃暮色中，掬一把慈湖夜景。人生何處不詩意？生活何處不浪漫？

掙脫孤寂身影的桎梏，走入學習的人群。在音樂聲中，擺動僵硬肢體，曼波舞動一曲；在凝神專注中，靜聽一場知性演講；在協調和聲中，舒展沈寂的歌喉，高歌一曲。在渾然忘我的學習脈動中，讓人足以忘卻世間煩憂，暫拋生活的不快，展現自己，活出自我。

人生如白駒過隙，稍縱即逝。無情歲月，終將生命的長河催向盡頭的彼岸。莫再將生命虛擲在那名利、權勢、地位的追逐；不要再為那人間的蜚短流長而虛度光陰。每個人都是自己生命的主角，唯有寶貝自己，活出自我，展現在你眼前的將是無限的輕鬆，無盡的自在。

再登長城

２００９年，北京奧運舉辦過後的冬天，在重溫舊夢與渴望出走的情愫催化中，我再次登上了代表中國人驕傲的萬里長城。一樣的長城，卻有著不一樣的心情和感受。

北國的冬天，空氣中瀰漫著一股寒氣，零下的氣溫，雖不見雪花滿天勁舞的景致，但河、湖皆結成了冰，沒了川流不息的淙淙流水聲，卻成了靜默一旁的灰色長帶，乍看之下，還以為那是一條灰僕僕的平坦道路。直到發現有人在上面滑冰時，指指點點隨著一聲聲的驚呼聲，讓隨車路過的我，不覺也打從心底的泛起一股艷羨與躍躍欲試的衝動。向空氣中深吐一口氣，瞬間化成一縷冉冉上升的煙霧，新奇又有點熟稔的體驗，使人有著回到幼時童心般的興奮。冰凍的五指，讓長年生活在冬天海風冷冽徹骨的我，竟有著說不出的熟悉。那種出門就得拉緊衣領、縮脖搓手的冰冷，讓人的頭腦格外清醒，凝望不盡的一大片煙霧氤氳迷濛中，眼睛卻特別的清楚明亮。

猶記得2001年夏，燠熱難當的高溫，像把高張的火傘，密密實實的把北京罩得像一個火爐，即使遠在百里之外的長城也不能倖免。居庸關口下，一樣的人潮，都有著「不登長城非好漢」的雄心壯志。烈日下，階梯兩旁的鐵欄杆是燙不可摸的「火條」；豆大的汗珠，在額頭上串成一條條的水柱，從脊背直鑽進股溝。望著那高低參差不齊的台階，我邁著鉛重般的步伐，一舉步、一聲嘆。除了感嘆當年造長城的鬼斧神工外，也為曾駐守其上的士兵翹指讚賞，若沒有強健的體魄和意志，哪能在身負作戰裝備之下，還有力氣護國抗敵？更為自己眼前那漫漫的艱辛之路，興起了無限的悲憐之慨。

雖有著「不登長城枉來北京」之心，但惡劣的氣候和環境，讓我不得不打退堂鼓，黯然的從人潮中退下場來。多年以來，那未登上長城的遺憾，總是在不經意的觸摸之下，隱隱的浮現腦際，成了人生憾事之一。時間如梭，匆匆轉眼過了八年。

八年，可以使一個呱呱墜地的嬰兒，搖身一變，成了學堂中的好奇寶寶；八年，可以使一個慈祥和藹的長者，化仙而去，成了家庭中的追憶對象；八年，更可以使一對幸福美滿的神仙眷屬，波瀾生變，成了兩無瓜葛的狹路陌客。

如今，零下的氣溫，暖暖的冬陽，照得人全身軟綿綿的。同樣長城，帶著不一樣的心情，我擠身於如織的遊客中，邁著輕巧的步伐，順著被歲月步履踐踏得坑坑疤疤的台階，一

步一步的往上鑽爬。如過江之鯽的擁擠人潮，讓我不得不隨時停下來等候。遊客大多是大陸內地的居民，從那一張張經過風霜烈日侵蝕的粗糙臉頰，還有南腔北調的濃厚口音，即可知端倪。

每個人的臉上都洋溢著過年時節的歡愉，雖然你不認識我，我不認識你，但在聲聲打氣的加油聲中，我看到了炎黃子孫血濃於水的深厚情誼。佇足歇息的空檔，喘口氣，凝神遠眺塞外山巒峰疊，一片蒼蒼茫茫，眼界為之舒展開來，心胸也不覺為之豁然開朗起來。

人潮稀了，氣歇足了，繼續邁開步伐拾級而上。此刻有的是八年前沒有的身輕如燕，腳步也不再像八年前的舉步維艱。是環境改變了結局？抑是心情影響了結果？或是冥冥之中造化弄人？我想，時間應該是最好的答案。

世事無常，常是說不出一個準則的。小時總認為，從媽媽口中說出的即是準則，只要乖乖聽話，就可以得到想要的禮物；上學堂讀書，書上寫的、老師說的就是標準答案，一字不漏的照背、照抄，考試就可得一百分；踏入社會後，遇到工作不順心，偶爾背後罵罵上司老板，但仍跳脫不出那「傳統」的如來佛掌心，因為蜚短流長的力量不可小覷。如今，身在秋林之境，對人生的諸多滋味，反而有了不同的體會。

體認到「世事無常」的真理下，自然萌生隨緣之念。「隨緣」二字，看似簡單，但若仔細慢慢咀嚼其味，會發現其中的滋味頗長。

紅塵中，與人萍水相逢，亦隨緣而相互成全，不管明日是否相離，心中將都不會有憾。路上遇到的笑臉，同樣以笑臉相迎，終能成為人生風景上的美好回憶。至於遇到淚流傷悲的哭臉，就讓它隨風化為煙塵，成為更知惜緣的動力吧！

人與自己的生命，亦是隨緣吧！誰也無法預估自己還有多少時間？明天與意外是哪一個先到，又有誰能說得清楚呢？

流金童年

潭水清清，不問日月春秋。

單姓的農村，古厝、三合院櫛比鱗次向著大潭，曲弄彎巷伸向村中的每個角落，宛如身上的血脈，舒展了全村的活力。上百戶人家，每棟屋子皆人氣昌熾，有的甚至兩、三戶同居一屋。村子分大社和小社，我家正臨大潭邊，是靠近小社的一座三合院。

三合院正面潭，右側是鋪著紅磚的廣場，廣場上兩面牆壁上，斗大的「團結奮鬥」、「軍民合作」、「堅忍不拔」、「反共抗俄」藍字，像頑劣的匪諜份子，被鑲嵌在白底的大圓圈裡，為場上雜沓的孩童嬉鬧聲，摻添了些許靜肅之息。廣場後是需登階而上的宗祠，祠內供奉的列祖神位，日夜俯瞰著澄澈大潭，宛如天公地母，眷顧著這裡的每一個延脈子孫。隔著大潭的另一頭，是一個球場，架了一支生鏽的籃球框，常見幾個身穿綠色汗衫的阿兵哥爭球投籃，球拍在地上，發出咚咚的悶響，泥塵迎聲在空中飛揚。

懂事以來，生活作息就如四季流轉般的規律。天未明，晨霧在薄陽下飄竄，雞鳴聲一陣一陣，「咕…咕……咕……」，「咕…咕……咕……」，傳自那屋後的小山崗，聲聲悠遠如空谷回音。此時阿嬤即已起床，瘦小的身影穿梭在薄霧與微黑的晨幕裡。忙著往竈裡塞柴燒開水，忙著呼雞喝鴨，「咕咕」、「吱吱」、「來來來……」，一聲聲、一聲聲……，窸窸窣窣的吵熱了清早的冷空氣，她步履輕捷，像忙碌的幽靈，在屋裡屋外來回的走動著。

忙完了晨早的工作，阿嬤才會坐在梳妝台前，小心翼翼的放下她那及腰的稀髮，倏忽散開的長髮，末梢處捲起幾綹小漩渦，在床蓆上款款流動，一個老舊的年代又活過來了。她

拿著密篦，抿著嘴，專心、慢慢地由上往下梳理，游走的手掩住半面容顏。瞬間，一個在鄉間小徑摘花，迎風曼妙起舞的年輕少女，在我的眼前甦活過來。潭水悠悠，時間的長廊下，少女逐漸變老，變成眼前我熟識的阿嬤。阿嬤梳順髮，把篦間的髮絲綹下來，在食指頭繞成一小球，放在梳妝台上，接著從一個透明的小玻璃瓶，倒幾滴油在手掌心上搓揉，頃刻，房內飄散著香醇又濃郁的桂花香，最後她將抹得油亮的長髮，在後腦勺盤了個髻，套上黑紗網袋，就大功告成了。這時她才會輕挪著那雙三寸金蓮，往房外走。

阿嬤的房間終年一片漆黑，隱約中，除了吱呀作響的床以外，黑褐色雕花化妝台跟沒有椅背的圓椅子，是房內唯一的陳設。寒冬裡，床上那件又硬又薄的棉被，永遠烘不暖阿嬤羸弱單薄的身子，常見她斜靠在床頭，身上覆蓋著破舊的灰色棉被，棉被下拱起的雙腳內側，放著一個小瓦甕，裡頭烘著廚房竈裡剛燃過的餘燼，阿嬤用雙手在甕邊來回磨蹭著，呵走了一整個冬天的寒氣。

一身乾淨素樸的阿嬤，像隻灰僕僕的母孔雀，只有正月初九拜天公的那天，她從箱底拿出那件閃著油光的黑長裙。著地的長裙黑亮得如夜裡的黑絲絨天空，連我一雙安份慣了的小手，也非分的想捏摸它一把。天微亮，我們盛裝齊整抵大廳時，阿嬤已端坐在大廳的大米篩旁，摺著壽金冥紙，望著米篩裡堆疊如山的壽金元寶，一臉嘻笑的我們，只得斂起笑容，全家齊跪在供桌後，虔誠如一尊尊的羅漢、觀音。此時，阿嬤的臉上，散發著平日看不到的喜悅容光，我想她跟天公禮求的願望，應該是已得到了允諾。

炎炎夏日，我常跟阿姐歪著滿盆的衣物到村郊外洗滌。耀眼的陽光照亮了大地，走在滿是泥沙碎石的蜿蜒小路，離村郊外的「東宮」尚有一段距離，就聞到一陣陣豬糞臭味，經過那一排排低矮的豬舍，聽得豬隻濃厚的喘息與肢體磨蹭聲，還有那幾窟露天的糞坑，風一吹來，讓人不由自主的掩起口鼻，倉皇的想快步逃走。

潺潺的溪水緩緩的從山溝流下，到這兒正好成一小水塘，塘邊是枝葉橫陳的相思樹林，即使到了夏日，樹蔭下一片清涼，成了村裡人家洗滌衣服的天然水池。一大早，常見幾個村婦大嬸在這兒洗衣，大家邊洗著衣服，邊聊著家常。大人忙浣衣，小孩則捲起褲管戲水，站在溪水裡的雙腳清晰可見，偶爾也可捉著過溪的小蝦、小魚。相思樹涼蔭下，屏息凝聽，風刮過樹梢，傳來一波一波浪濤般的樹聲。陣陣嘶嚎的蟬聲從相思林傳來，我常隨手撿起一顆小石頭往林中擲去，受驚的蟬忽然變啞，滿天價響的相思林瞬間陷入一片死寂。過了許久，才又聽得蟬嘶滿天響，彷彿音樂會的第二首曲子，此時才開始演奏。

假日，和阿兄、阿姐推著手推車，一路嬉鬧著往郊外營區去耙草。軍營外，及腰的鐵絲網，一路延伸，直到被密密麻麻的籬笆遮掩為止。路口崗哨的木麻黃垂下細長的葉子，迎風搖曳，仿如舞池中穿梭的舞客，居然顯得比營區內的一片寂靜更為熱鬧。荷槍的衛兵偶爾走出崗哨，來回踱著方步，他的張望並沒有帶來絲毫的騷動，倒使營區更顯得寧靜，連大狼狗也慵懶的攤平了身子，一切彷彿都停格在時光的隧道裡。耙了一車的木麻黃後，掙得阿兵哥打完靶的空檔，我們也常像衝鋒陷陣的戰士，蹲在靶場裡，像在海沙裡取蛤蜊一樣，用脫了把手的湯瓢，一耙一耙的鑿出子彈殼，叮叮噹噹的丟進鐵罐子裡，看著鐵罐子裡的戰利品越來越多，鑿土的手更勤快了，回家後把附黏在彈殼裡的泥土敲掉後，賣給來收購廢鐵的商人，三元、五元，對缺乏零用錢的我們，可是一筆不少的財富呢！

每天從學校放學後，卸下肩膀上的書包，狼吞虎嚥幾口發糕乾或嚼一把花生，我和三哥就擒起水桶、扁擔，連跑帶跳的往井邊打水。從井邊到大道公宮前，再經過廣場到我們家，一路高高低低的石磚、泥土路，一到黃昏，總有一條明顯的水痕，那是溼了又乾、乾了又溼的生活傳承之路。我個子小，打水的工作常由三哥操作，我捉著扁擔在一旁等候，一邊隨意的用扁擔丈量身高，未及一根扁擔長的我，總是帶著欣羡的眼光，看著三哥將提桶朝井裡一垂，然後使勁將繩子一甩，提桶被注得滿滿的提上來。水桶裝滿水後，我在前，三哥在後，兩人一路沈甸甸的歪回家。路上逢到叔伯、嬸姨，他們總是自動的靠路邊站著，把路讓給我們，並且語帶誇讚與戲謔，笑著說：「唉喲……，挑少一點，會長不高哦……」我總是上氣接不著下氣的「哼哼哼……」，喘紅的臉，一句話也答不出來。

單號的日子，夜幕才聚攏，吃過晚飯，砲聲就忽遠忽近，擠得滿滿的房空洞卻一片死寂，汗臭味夾雜著濃厚的喘息聲，大家屏息靜聽，小孩摀著耳朵躲在大人的懷裡。昏黃的燭光下，時間像沙漏裡的流沙，虛渺得被世人遺忘一般。「咻碰——」，聲音如隔重重遠山般的飄渺，阿坤伯說：「落遠了。」沒一會，又是一聲「咻碰——」，砲彈就在附近轟隆炸開，彷彿在頭頂上乍開的煙花一般。砲彈由遠而近，再漸漸的遠了，落在遠處。阿坤伯說：「打完了。」說完，站起身就往外走，其餘的人也緊跟著他，陸陸續續的各自回家，彷彿剛看完一場黑壓壓的戲一般。

那一年秋天，我剛上小學一年級，近廿分鐘的上學路程還未摸熟，阿嬤過世了。阿娘呼天搶地的嚎叫著，阿叔垂頭倚著牆角，未見淚滴的一雙眼睛，卻鑲著紅紅的眼眶，平時就不多話的阿叔，這回更沈默得像屋後那棵老榕樹，只有在風吹過時，才聽得一兩聲沙沙的作響。隔天，出殯的送葬行列，成了鄉民鄰里爭睹的場面。阿娘一路嚎哭著叫阿嬤，已無暇顧及半夜還會哭著找娘的我，后湖的表哥牽著我的手，跟隨在送葬的行列後頭。一路上，我引頸翹望著那蜿蜒綿長的隊伍，哭著叫阿娘，一聲聲、一聲聲，竟懵懂不知阿嬤這麼一走，就再也不會回來了……。

本文獲得第七屆浯島文學獎散文組第一名

無風也無雨

年輕就像一件花衣裳，顏色或許有些濃豔搶眼，但總還能招蜂引蝶，吸引過客欣羨注目的眼光；過了不惑之年，清淡中雖有些許的優雅，但卻像穿了件悶兩個夏季的冬衣，一股霉味直竄鼻頭，沒有招來鄙夷的眼光，已屬萬幸。年輕的脾氣是場雷電交加後的狂風驟雨，摧枯拉朽，極盡潑灑之能事；過知天命之齡，脾氣只能如春雨般，潺潺的流，悶悶的下。

午後，趁著空檔，直奔銀行換摺，人潮不如想像。把存摺遞給了櫃台，靈巧的雙手在電腦鍵盤上撥弄著，不消一刻就弄妥。他把摺子夾在一本精裝簿子後，置放在身後的桌上，一臉歉意，禮貌的跟我示意等會，我挪開擋住櫃台的身子，眼光在整個大廳遊移了三、五遍後，目光最後落在後桌上，那本精裝的簿子仍如磐石般紋風不動。

瞥一眼坐在桌後的大老，瞧他正專注的翻著一本電話簿，那本總是讓我七手八腳，費好大功夫，才尋得一串如密碼般珍貴的薄冊子，想來他要打的電話，必定是組生號碼。尋得號碼後，就見他頂著聽筒絮絮的講起電話來了，雖細聽不出他在說什麼，但看得出那不是三言兩語即可說完的，我再瞧一眼那只消幾秒鐘即可蓋好章的摺子，心中竟然浮起了一絲不悅之感，一時血脈賁張，怒氣直竄腦門，長久以來，未曾有過如此的衝動了，倒又像回到那雷厲風行，極盡潑灑的年輕時光。

身在秋林之境，對人生的看法有了極大的轉折，過往雲煙，盡付笑談中。紛紛擾擾塵世，有幾事能認真？蒼天化人，各有稟賦，優劣勝敗，只是「聞道有先後，術業有專攻」的一個差別而已。爾虞我詐之間，爭的亦不過是人前人後的一個虛妄吧了！看透人生禪境，淡泊間，漸能體會「隨緣」的況味。能隨遇而安，必也能接受當下的每一次巧遇與機緣，任它是狂風？抑是暴雨？心境自然無風也無雨。

Greenwich
Peninsula

有花堪折直須折

座落於山上的小別墅，雙併的獨門獨院，有著綠意盎然的小庭院，雖然出門就得以車代步，但沿途卻有著幽林探徑之美。分離廿年的同學指著院牆的一角，那棵流浪到此落戶的山花，侃侃細訴之間，說不盡的山林隨性野趣，讓我打從心底的讚嘆，恍若尋著了日也思、夜也夢的生活樂土。

屋內的格局擺脫一成不變的左右對稱思維，有著是柳暗又花明的驚喜。坐擁如此恬靜幽雅氛圍中，任憑屋外風飄雨搖，滾滾塵世喧囂紛擾，讓人有著與世獨立的靜寂之美。忙碌的她，沒有太多的時間在整理打掃上，所幸孩子都已長大，物品的擺置雖有些凌亂，但亂中仍不失其序。特別引我注意的是任何一個小角落，皆有隨興採來的野花、小盆栽，讓原本凝滯的一片雜亂中，滋生一股活氣。啊！原來營造生活的情趣，就在那一念與順手之間。

帶回了採花的意念，一顆心時時記掛著鄉間小路邊，那遍野迎風招展的小花。白天，毒辣的艷陽，好似要紋身而上的烈火，躲在屋內看書、寫文章、打論文，倒也悠閒自在；日落，像一隻潛出的夜貓，跨上單車，隨處騎乘，望夕陽、看月升、吹海風、賞夜景、……，何處不適意？意興闌珊後，帶回沿途順摘的野花三兩朵，擱插在案前的小花瓶內，書看乏了，眼疲了，賞一回花，聞一次香，倒也樂趣盎然，人生至此，夫復何求？

也有悵然空返之時，是天黑路暗，尋不清野花芳蹤？抑是途中巧遇惡犬狂吠，心慌膽驚之餘，撇下了採花之事？……，都不重要。面對空瓶無花可賞之時，才猛然想起人生順遂之時，當好好珍惜，有花可賞當惜時，莫待無花空嗟嘆。

老花眼鏡

上帝用快捷寄來老花眼鏡以後，鏡中的大千世界影像，比過去虛浮多了，心中的那份不踏實感也接踵而至。行走在大街小巷中，常望著那拄著拐杖，步履蹣跚的老人，碎步蹎跌的踽踽慢行；更有的坐在輪椅上，任由旁人推行，毫無自己主宰的意志空間，不覺就怵目驚心起來。

對時間起了一份敬畏之心，不敢再像年輕時，仗著府庫豐盈，把時間當黃金白銀，大把大把的揮霍，全然不當一回事。對時間錙銖必較起來，但觀看世界視野的尺度卻放寬了，對事物的看法，不再像過去題題皆是非，不是對，就是錯；不是黑，即是白。對萬事萬物的容忍度也大了，在講臺前說道論理了近半甲子，看盡千帆萬船後，反倒姿態軟了，口氣輕了，人生也不再是那麼嚴肅的一件事了！

在時間聲聲的追悔驚嘆中，行路過暗巷，望著騎樓下挑燈撿蚵的阿婆背影，不覺油然生起一絲憐憫之情。途經黃昏涼亭下，看一群搖扇呼煙，以抬槓為樂的阿公們，心中也不免生起一股唏噓之感。翹首前望生命的長河，悄然已近盡頭，為事業、為家庭、為兒女、……，忙碌了大半生，在這日薄西山的黃昏時刻，竟還汲汲營營為那一顆一顆的海蚵挑燈夜戰？為那嘴邊八卦閒語空耗寶貴光陰？人生至此，夫復何言？

天那般的寬，地也如此的闊，人卻如滄海一粟，螻蟻般的渺小，在這狹隘的方寸之地鑽營苟生。日正當中時，多少人在工作事業上，聽人吆喝而傀儡款擺，盡日做些折腰之事？又有多少人為家庭奔波勞碌，甘為兒女作牛作馬一生？在太陽西斜時刻，留給自己一點觀看黃昏美景的閒情逸致吧！哪一天，世界少了你，地球照常運轉，太陽仍舊會從東邊緩緩而升，人們照樣喝酒、跳舞、作樂。何不學學天地之胸襟？放下人世的羈絆牽掛，用無盡包容的視野，欣賞那西邊滿天的絢麗彩霞。

畢竟在老花眼鏡下的瞳光下，「想做什麼」應該比「適合做什麼」來得更清晰吧！

等

新學期，從帶學校中最高年級，一跤跌進了最低年級的班級。周旋在這群乳臭未乾的小蘿蔔堆裡，每天像打仗般，身上的五臟六腑，宛若被懸在半空般，找不著一個可寄放之處。能夠坐下來喘口氣，抽個空檔上個洗手間、喝口水都覺得是一件幸福奢侈的事。幾天的慌亂，身子卻無一點疲憊之感，頭腦愈發的清晰，意志告訴自己：「冬天都來了，春天還會遠嗎？」我在等，等的是孩子終有一天會長大，明白教室裡應有的常規，知道專注的學習，了解怎樣做一個為自己負責的人。

新的教室，新的規矩，孩子就像一夜之間冒出頭的小豆芽，只要聽到鐘聲，他們就會用「老師說了就算」的神情，語帶疑惑的問：「老師！下課了嗎？」，我常報以一笑，然後點頭或搖頭回應之。坐不住椅子的他們，等待的是那令人振奮的下課鐘聲，教室外那空曠的操場，還有樹蔭下的遊樂設施，才是他們所嚮往的地方。純真無邪的童年，流露的是他們最真摯的天性：等快樂。難怪有人要謔稱當今的小學生是「三等」學生：「等下課」、「等中餐」、「等放學」。

每一個人成長的過程大同小異。孩提時，等待的又長又多，時時都在等，一聲聲的「等我長大，我就要……」；一句句的「如果我是……，我就會……」，就像急著要爬上肩膀的小巨人，用那瘦弱微顫的雙手，扛下整個宇宙地球般。

人到中年一樣在等，等著把扛在肩上的重重包袱卸下來，裡面有事業的責任，有家庭的義務，有數不清、道不盡的人世恩怨情仇，就像千絲萬縷的繩索，把人扎扎實實的綑綁了一生一世之久。在一聲聲「難」，一句句「苦」的漫長等待中，等著卸下肩上的千斤萬擔，好坐下來歇腿喘息。

人到老年，何嘗不也是在等？只是聰明的您，等的是兒孫名顯祖先？或是坐看夕陽美景？還是人生序曲的幕落？

不同的階段，等待的雖然都不同，但漫漫人生長夜，心上擱的都是一個「等」字。

心靈悸動

人生之遇，如天際之幻化，時而虹彩掛天，時而烏雲滿佈，時而晴空萬里，斑斕多彩，讓人驚動萬分；人生之味，如飲食之味，時而濃烈嗆鼻，時而甜沁心扉，時而酸澀欲淚，百味雜陳，讓人莫名所以。

・死之慟

生命如果可以重來，人生將更趨完美。就如扮家家酒，這回我扮慈母，下次扮嬌兒；此生愛人，下輩被愛。扮演之角色，能輪迴更換，人生將得以更了無遺憾。但哀戚肅穆的氛圍中，那聲聲哀慟的呼喚，那句句真誠的懇求，卻喚不回那死別的殘酷事實。空空盪盪的房間，景物依舊，但再也見不到那慈藹的容顏，聽不到那聲聲噓寒問暖的關懷。不信今日與昨日的瞬息不同，更不信這人世的匆匆，是今生的最痛。

•心之甦

沈寂如古井般的入僧之心，在一趟心靈悸動之旅，如久錮的籠中之鳥，獲得了全然的舒放。引頸環顧四周之際，孩童般晶瑩好奇的眼眸，就如喜獲甘霖般的飢索。驀然回首，才驚覺到過往渾噩的遊魂日子，青春竟是那樣不知覺的被大把揮霍。心之痛楚，讓感覺陣陣抽搐起來，深處之靈，終於獲得了甦醒，不再痲木，不再遊蕩。生活中的一草一木，一顰一笑，一事一物，皆能引起心靈的激盪，化為會心一笑或暗泣感傷的迴響。原來生命是如此的細膩與鮮活，生活是如此的可喜與豐盈。而今而後，用悸動之心靈，用嶄新的視野，重新聆賞這美妙的生命樂章。

・愛之悸

時而眉宇流露竊喜，臉上那抹暈紅，就如含羞待綻的花朵。多彩燦爛的耀眼陽光，照亮了心靈的角落；時而心底暗傷，盈盈欲滴的淚珠，難抹那憂傷的眼神。狂瀉似潮的淚雨，就如那帶雨的梨花，把心情帶至沈淪的深淵。不論是欣喜帶笑，或是神傷悲泣，那全是愛的悸動啊！

・花之美

乍見她，是在一個偶遇的黃昏，綠盈盈的一池子綠，碩圓的錦緞般葉子上，滾動著一顆顆鮮盈欲滴的水珠，那綠讓人看到了生命之活力，臆想到了希望之喜悅。就那一大幅綠色水墨畫中，錯落著一朵、兩朵、三朵、……含苞、綻放的花朵，有粉紅色的，有白色的，她們就如靜默的仙子，含情脈脈的凝視著你的到來，微風輕招，她才款擺著身子，笑盈盈的向你彎腰問候，讓人在聲聲驚嘆之餘，心曠神怡之際，宛如登於渾然忘我之界。

如著魔般的，我每天總要去探視她，她讓我掃除了一天工作的倦怠，忘卻一日的煩憂。時間滴滴的流逝，轉眼到了八月中秋送爽的時節，眼見那滿池的綠葉，一片一片的翻背，那綠，不再是艷得化不開的濃綠，已失去了那油油的翠，幾片褐色的葉背，幾枝灰黑色的蓮蓬，錯置在其間，那花也漸零零落落的，失去了那生之躍動的活力，一朵朵的凋零了。一股蒼老悽愴的悲涼，讓人打從心底的驚悸，原來美是那天際稍縱即逝的雲霓，原來生命長河是在悄悄聲中走近尾聲的。

輯四

悠遊浩瀚

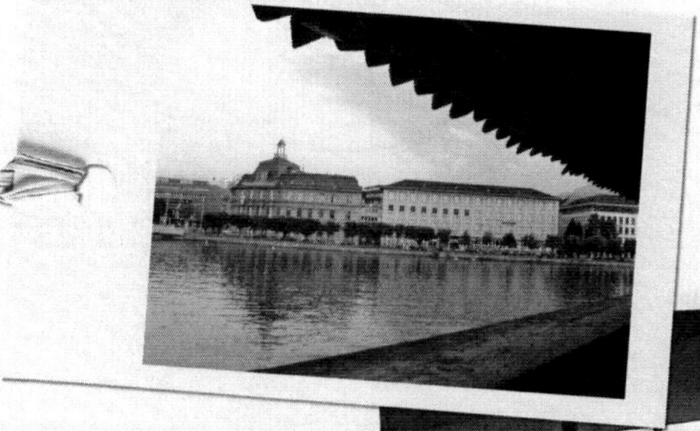

霧裡縹緲看倫敦

2008年的七月暑假，我們一行24人經過漫長的十多個小時飛機航程，終於踏上了那咫尺天涯的倫敦。出關的閘口前，仍如巴黎戴高樂機場般，大排長龍的隊伍蜿蜒著，這就是歐洲人共同的處事風格吧！搭上迎接我們的遊覽車，我擦亮了雙眼，瀏覽著第一次親近的倫敦，空氣中飄著絲雨，灰濛的天空下，髒亂狹窄的街道，但見行人匆匆。黑色、灰色、白色是他們穿著品味的多數，孤寂的身影不時從眼前浮掠而過。兩旁住宅前的盆栽牆花裝飾，在原本灰暗、淒冷的氛圍下，讓人莫名的燃起一股靜謐恬適的感覺。這是我第一眼的倫敦。

未到倫敦，就曾聽過倫敦地鐵響亮的名聲。據說發生在倫敦地鐵的爆炸事件，就是現在赴英國前，必須先經過繁瑣英簽手續的導火線。在經過多日的倫敦地鐵探索後，第一次坐台北捷運的感覺，終於有了共鳴的回應。密如蛛網的倫敦地下鐵，與台北的捷運相比，後者只能稱是剛萌芽的秧苗，仍有無限發展的空間，而倫敦地鐵就如臉上已佈滿歲月風霜的老人。

已有百年歷史的倫敦地鐵，狹窄的車廂與沿途車窗外的一片漆黑，讓人不由得要想起阿嬤獨睡的房間，是那麼的幽深與樸拙。相較台北捷運的寬敞明亮、清新亮麗，倫敦地鐵顯得遜色多了。它只能算是位素樸厚實的默默耕耘者，終日矻矻不息的工作著。

逢到假日，台北搭乘捷運的人潮不減，列車照常行駛。倫敦地鐵則不然，逢到假日就多線停駛。欲搭乘的旅客得先做好轉車的行前準備功課，否則「此路不通」的困擾，將是壞了休假出遊好興致的元兇。

倫敦地鐵的購票方式，是採計日方式，不似台北的計次方式。人手一卡，進站出站的人潮絡繹不絕，有時通關機器忙中有亂，讓你不得不杵在原地，進退不得。羞紅的臉龐，也道不盡窘態於萬一。所幸一旁的服務人員即刻就會為你排除困窘，讓你安然過關。沒有一絲懷疑的眼光，也沒有一句盤查的口語，這是倫敦溫馨的一面。

來到倫敦，不欣賞歌劇，就等於空到倫敦；來到英國，不喝喝下午茶，就等於惘入英國。

倫敦的歌劇院櫛比鱗次，上演的劇目各有不同。售票的方式就耐人尋味，因座位的不同，購買時間的不同，而有不同的價格，甚至是可以議價的。比之在台灣看戲，那穿釘打鐵般的票價，倫敦人給人的就是有較多轉圜的空間。

欣賞到的兩家劇院規模都不是很大，但舞台燈光，佈景卻讓人嘆為觀止。在聲樂上，舞台下交響樂團的伴奏，讓台上每位演唱著皆能展現其一流聲樂的歌喉。在佈景上，不論是從上凌空而下的跳水動作，或是群星閃爍的夜空浪漫庭臺，甚至手搖船槳划過湛藍的湖水，……等，每一場佈景，都讓人有身歷其境之感，驚心動魄之餘，不覺要嘆幕後功臣之用心。在場景與場景的交接，更是緊緊相扣，舞台就是一個大轉盤，前景一完，後景馬上旋轉呈現，中間沒有絲毫的脫節。每一場戲從頭至尾，都是一幕幕讓人屏息以待，扣人心弦的生活大戲。讓人在心靈震撼之餘，頗有值回票價之感。

喝下午茶好像已成了英國人的嗜好，與他們的飲食習慣應該不無關係。簡單的幾片麵包或一個三明治，頂多再一杯咖啡，就是他們一天的午餐。吃得簡單而方便，難怪英國人要在餐後幾個小時喝喝下午茶，除了補充體力外，也可以趁機放鬆一下緊繃的工作情緒。

小小的一間廳，陳列著溫馨舒適的桌椅，輕聲細語的氣氛下，談不上講究的茶具和可口的小點心，卻讓人有著恬靜舒暢的感受。談談心底的陳年秘密，吐吐生活的柴米油鹽苦水，沒有人會在意你那多舌的唇齒，更沒有人會憎惡你久留的存在，這兒是抒發情緒的好地方。

未到倫敦，就耳聞其物價之高，正如英鎊之居高不下。來到倫敦，方知耳聞不如親見，一個三明治索價要台幣一百多元，一碗只見豆芽菜的味噌拉麵也要近四百元。礦泉水、飲料，更是台灣價格的數倍之多，讓人在掏腰包之際，不覺要掐指盤算，錙銖必較起來。

逛一遍超市，魚肉生鮮、蔬果麵包、罐頭調味、……等等應有盡有，但餐館內烹調出的食物，不是淡而無味，便是焦黑堅硬。烤過的食材，沒有醬汁的潤澤，外表一層炭黑，實在讓人瞧不出有什麼食的價值。即使是一個食慾良好的人來到英國，瘦身減肥是必然的趨勢，因為英國有著挺差勁的廚房烹飪技術。

台灣是個美食的天堂，中國更是世界上擅於烹調的國家。但四處美食當前，卻還有很多挑嘴者挑東嫌西，真是生在福中不知福也。英國食物雖然讓人難以下嚥，但滿街的英國胖子，隨處可見，望著他們那腦滿腸肥的身軀，渾圓肥厚的背影，讓我不由得要懷疑起他們對食物品味的選擇，是不是只要是食物，就都不忌口？

白天的倫敦是繁忙緊張的。摩肩接踵的地鐵人潮，像極了台北捷運過江之鯽的旅客。衣冠楚楚的紳士、穿著端莊的上班族，從他們那沈鬱的眼神和緊抿的唇角，讓我深深感受到倫敦人肩上的工作壓力。甚至連頂著一顆怪異頭髮的無賴，在身上刺青、在唇上吊珠穿環的嬉皮，也讓我感覺到他們對生活的無奈與頑抗。

入夜的倫敦是詭譎迷人的。酒吧夜店一間間的開業了，五彩閃爍的霓虹燈，把整個店面裝扮得像嬌嬈的神秘女郎，讓人有慾窺其面貌的好奇。門口手捧玫瑰花販賣的服務生，更讓人有著一絲邂逅愛情的遐想。打扮得像兔女郎的女孩，穿著時髦清涼的辣女和穿戴整齊的彬彬紳士，是這場宴會不可或缺的主角。屋內是秘不可測的禁地，屋外則是人手一杯，有的併肩站著，有的面面相對大聲聊著、喝著。每個人的臉上都是神采奕奕的，情緒是興奮高亢的。越聊越大聲，越喝越忘我，最後在酒精的作祟，浪漫迷人氛圍的催化下，脫序的行為開始上演了。有的高歌大叫，有的縱聲嘶吼，有的駕車狂飆，為這原本靜如湖水的倫敦夜，激起了一圈又一圈的漣漪，這才是倫敦人的真正本性吧！

巴斯城濱臨亞芳河，是個倚山坡而建的城市。中古世紀的建築，讓人找不到一點現代建築的前衛氣息。綿延蜿蜒的的群棟建築，像極了中古城堡的圍牆；寬闊雄偉的獨棟樓房，櫛比鱗次的窗戶，讓人不覺要遐思起住在其內的人們，其生活共同體的感受。看不到孤獨低矮的簷屋，巴斯人應該是不喜歡獨自閉門生活的吧！高聳的教堂尖塔，碧藍的天空環繞著朵朵白雲，那應該是耶穌天使眷顧的天界吧！廣場上，木造的長椅上，人們或坐或倚，大家屏息聆聽著街頭藝人的表演，不論是樂器的演奏，還是魔術表演，或是騎上了特製的腳踏車就能贏10英鎊的遊戲，都為這悠閒自在的巴斯城增添了些許熱鬧的氣氛。

街道上，鮮艷多彩的盆花四處垂吊著，告訴著我巴斯城是個懂得裝扮的少婦；車站牌旁，伸直兩腿席地就坐的候客，讓巴斯城在熙來攘往人群的煩擾中，展現出其輕鬆放任的自我。

處處可見的五彩豬塑像，又像在向過往遊客訴說著巴斯城那段哀怨的歷史：年輕的王子因為得了痲瘋病，被父王摒棄至巴斯城養病。一日，王子看到身上罹患皮膚病的豬隻，在泥漿裡打滾後，皮膚病竟然不藥而癒。最後王子也學豬隻把病治好了，終於得返國家繼任王位。從此以後，豬隻成了巴斯城人人稱頌的偶像。從其迷彩而結實的豬身，即可知其活潑與戲謔的天性。

旅遊是身軀的舒放，更是心靈的饗宴。它讓人在柴米油鹽的瑣碎生活裡，得以擺脫庸庸碌碌的繩索牽絆，也讓人在平日喘不過氣來的工作壓力下，獲得釋放的機會和空間，所以我喜歡旅遊。每一趟旅遊，只要肯用「心」去感受，用「心」去體會，那麼處處是美景，時時是良辰。

一趟用「心」感受的倫敦巴斯之旅，讓我得以用新的腳步，用新的視野，用新的思維，再重新出發。

菊島巡禮

唸大學時，班上對這唯一遠從外島而來的同學，總是多了一分驚喜與好奇。言談之間，常無厘頭的問我一些莫名奇妙的問題，諸如：「金門很危險嗎？」「每天都有人被砲彈打死嗎？」甚至「金門的門都是用黃金打造的嗎？」有一回，一個瘦小的同學問我：「跨海大橋很長嗎？」一時，讓我丈二金鋼摸不著頭腦，為之語結久久。這一發揮「移山倒海」想像，嚴重脫離空間背景的問題，就這樣讓我在多年以後，回想起來仍不覺要莞爾一笑。

隨著年歲的增長，觀念與想法的遞變，讓我有機會可以到處雲遊四海，一睹大自然的原貌與各地的民俗風情，體悟生命之短暫與管窺狹隘的驚悸。雖然所到之處，已遍及四大洲，但對近在比鄰的菊島澎湖，卻仍停留在他人口耳相傳的「陽光很強」「風大」「樹少」，甚至是「摸著牆壁行走，才能免於被強風刮走」的孤荒小島印象。那種荒涼有如廿年前，在小金門任教時，一個禮拜才得以回家一趟的漫長遙遠感覺。

印象中，一次船抵大金門時，一個身著便服的年青人，應是剛從軍中退役的阿兵哥，踏上大金門土地的剎那，指著身後那一水之隔的小金門島，狂聲大喊：「那個鳥不生蛋的地方！」大有滿腔的憤恨，把多年在那荒涼小島所受的怨氣，在一瞬間，全部爆發傾瀉出來之勢。讓站在一旁的我，除了頗有戚戚之感外，也為他所受的不平感到悲憐起來，好像那個荒蕪小島永遠欠了他一份人情似的。

六月鳳凰花紅滿天，驪歌聲滿校園的畢業典禮之後，興起了澎湖自助之旅的念頭。從小就有著隻身遨遊四海的憧憬，但環境的優渥與內心意志的怯懦，此種夢想總如擦身的過客，似遙在天邊，又恍如眼前。這回終於像吃了顆定心丸似的，信誓旦旦的要用自己的步調，走自己的旅遊地圖，欣賞自己眼中的風景。「自己的道路自己開」是每個人耳熟能詳的道理，但從小到大，又有幾人真能按照自己手中的地圖與羅盤，掌控自己的方向之舵，索驥自己的人生天堂呢？

飛機滿載著剛從金門遊覽一天，準備續遊澎湖的大陸觀光客，從他們的衣著與打扮上可以揣知，當年「衣著千補釘，飢啃果樹皮」的大陸同胞，如今已是「麻雀飛上枝頭成鳳凰」，除了衣食無缺外，尚有閒情逸致到處遊山玩水了。約三十五分鐘的航程，飛機降落在澎湖的馬公機場，嶄新的機場，停機坪有著和金門尚義機場極高的相似度，但內部的硬體結構，顯然就比尚義機場寬敞多了，甚至還有國際航線櫃台空間的規劃。打造澎湖成為一個國際的旅遊觀光島嶼，我想應該是菊島政府未來發展的目標吧！

亮閃閃的陽光果然如烈火般的炙熱，機車馳騁在寬闊平坦的柏油路上。一路上，車稀少，風勢強，機車有時還得順勢慢騎，否則摔個人仰車翻，那可要壞了旅遊的興致。兩旁成列的行道樹連綿不斷，但都奇矮無比，難見高可參天的大樹，行道樹外則是一片雜草叢生，上半一截是枯枝，下半截才見綠葉鋪地。鮮見植蔬種果的農田，偶見四周用一塊塊珊瑚礁圍成的農地，乍看之下，還以為是傾頹古屋留下的斷壁殘垣，原來是為防強風損壞菜蔬而設的護欄，澎湖人取之大自然，用之大自然的獨特匠心可見一斑。

道路兩旁，隨處可見海連天，天連海的浩瀚景致。放眼望去，地是無限的綿延寬廣。再抬頭看，一片蒼蒼茫茫，天是無盡的浩大綿長，宇宙的磅礴氣勢盡攝眼底。悠悠穹蒼之下，如蜉蝣螻蟻的人們，卻終日盡在生活上錙銖必較；在情感的國度裡，為兒女情長欣喜悲嘆；在名與利的滾滾紅塵中載沈載浮，度過庸庸碌碌的井蛙一生。誠可悲，亦可憐！

沿途，偶見年輕一族雙人一機車，一輛接著一輛，成群呼嘯而過，心中不覺發自內心會心一笑，想來他們也是跟我一樣，利用假日自助旅行而來。從他們一身短衣短褲的清涼打扮，異於當地人全身包裹得密不通風，可以窺知，應是從外地都會叢林釋放出來的精靈一族，到這充滿陽光、綠野、沙灘的菊島，享受青春活力的踏浪逐夢樂趣。

從飛機上鳥瞰，八台巨大白色的風車，在曠野上隨風輪轉著，好像在向來訪的遊客招手似的，歡迎他們的蒞臨造訪，也為這有著「風大」聲名遠播的澎湖，做了強而有力的見證。水族館內，身披五彩鮮艷顏色的各種奇魚異蝦，讓人不由得要驚嘆海底世界的「臥虎藏龍」。精彩的餵魚秀，讓人親眼目睹魚族們的「循規蹈矩」，懂得依序排隊的禮貌，並非只有文明人類的世界才獨有。人與魚之間長久相處產生的默契，更令人不覺要發自內心的一笑。

「跨海大橋」終於展現在我的眼前，白色的拱牌上，斗大的「澎湖跨海大橋」，似向世人昭告它的身世之謎。從機車的里程表上得知，橋身全長約2500公尺，與一般懸浮於水面上的橋身不同，而是一座著地的陸橋，橋上風勢更為猛烈，機車只好再減速緩行。其建造的原因、過程、歷史，甚至帶來的經濟效益，仔細研究起來，應該可以寫成厚厚的一本書。隨團旅行時，導遊少不了會費些唇舌介紹，但自助旅行只好靠自己的觀察與意會了。那沒有答案，任你天馬行空自由的想像，何嘗不也是旅遊的一大樂趣？把旅遊視為生活一部分的我，出發前的功課準備和沿途風景的研究，已未若初踏旅遊之途的認真。心中總想，離開自己熟悉的生活圈，出外尋找的無非是要放鬆身心，尋得一舒適自在的徜徉時空，何必再如平日，將自己包裝得那樣的刻板嚴肅呢？人生活得太認真，有時也是一種負擔啊！

二崁的古厝建築，有著閩南式建築的特色，屋頂大多也是馬背狀、紅瓦片，牆壁的白牆中鑲嵌著類似片麻岩的大大小小石頭，應該是它最大的特色吧！數數約廿幾棟的房屋座落於二崁這塊平坦的草原上。為了觀光賣點的需求，每一棟房屋皆極盡所能的發揮其特色，各種藝術品的擺設與牆上字畫的題鑲，都成了遊客拍照留念的背景。屋內更展售起琳瑯滿目的旅遊藝術品，以滿足觀光客到此一遊見證的需求。

絢爛的觀音亭夜景，有著夢般的奇幻。那一座鑲著閃爍霓虹燈的拱橋，聳立在觀音亭的海邊，與白天所見的跨海大橋相比，後者若是陽剛的男人，前者則是陰柔女人的化身。當黑夜的布幕把酷熱的艷陽籠遮後，這兒成了遊客吹風散心的好去處。但見情侶雙雙，遊客成群如織，徘徊其間，流連忘返。是讚嘆夜景的絢麗；是驚嘆海浪的澎湃；抑是讚賞海風的清涼。當下，拋開生活的一切煩憂，享受如前的美景，就是人生的最高處。

「輕度颱風蓮花來了！」電視新聞不厭其煩的播報著，提醒著澎湖是首當其衝的警戒區。次日，屋外果然風強雨大，人滯留在民宿裡，心停格在無求裡，望望窗外的颱風街景，看看不忍釋手的簡媜散文，這何嘗不也是一次旅遊的新體驗？誰說旅遊一路上的風景，一定都要按照自己的欲求與想望呢？人生的風景何嘗不是呢？當下隨緣，或許帶來的另一番巧遇，更能激起無限的驚喜與人生的體悟。

沒有規劃，沒有期待。一顆心說要去流浪！不帶塵世的風風雨雨，也不帶情感的惆悵憂傷，更不帶任何一片雲彩。揮揮手，菊島，再見了！美好的事物不要嘗盡，人生的風景不要看盡，總要留一些期待，在往後的日子裡慢慢的欣賞。

人間淨土

——紐西蘭

「要喝就喝來自紐西蘭——天然純淨的牛奶」是一句連不喝牛奶的人，都能倒背如流的電視廣告詞。對紐西蘭的印象，原先只停留在那有著香濃牛奶可喝的刻板印象，覺得它應該是一個鄉野十足的國家，有著一望無垠的大草原，有著那成群的牛羊，更有著那聳立的高山和蓊鬱的森林。直到2008年寒假這趟紐西蘭之旅，才讓我對南半球這個遙遠的國家有了更新的認識。

紐西蘭是一個歷史不是很久的國家，可說是世界上最年輕的移民國家之一。因此其天然的生態環境仍未遭受破壞，處處可說都是風景。我們沿途車子所經，大多是綠意盎然的草

地，成群的牛、羊愜意的徜徉在綠色草地上，那種景象讓人不由得要聯想起小學課本上，常提到的中國大陸西北，那「風吹草低見牛羊」的圖畫，不過中國大陸西北的景象應該是多了那麼一分淒涼與肅殺之氣吧！因為那廣闊的草原，可是漫無邊際的遙遠啊！而此時的紐西蘭正值他們的夏天，那一塊塊用鐵絲網圍起來的濃密草地，呈現在眼前的是那經過用心澆灌的滿眼綠意，它可是多了一分牧羊者的精心照顧。

抬頭仰望穹蒼，是藍得深沈的藍底色，襯上幾朵白得無塵的白雲，偶見遠處的高山，半山腰拖曳著一條潔白的棉絮絲帶，就像貴婦肩上披著一條潔白的貂皮，紋風不動，遠望就如一幅彩色水墨畫般。那種奇景，甭說在環境汙染嚴重的臺灣看不到，就是土生土長在金門的我，此輩也從未見過。所以數不清旅遊次數的我，這回按相機快門的手指，可說是破天荒的勤快。因為在那兒，處處是美景，張張是圖畫。

低頭見著的是那碧藍的河水，那藍，不是湛藍的藍，而是在藍色廣告顏料中，再加上稍許白色調和而成的碧藍色。遠望就像一條碧藍色的腰帶，讓人有恍如在飛機上俯瞰大海般的迷惑。不然就是清澈見底的湖水，湖岸邊處處是野鴨，成群的鴨子、海鳥，見著了遊客，不但一點也不怕生，還爭先恐後的趨前來索食，真是可愛。潺潺的山間溪流，則是他們製造礦泉水的主要來源，所以導遊多次要我們備妥空的瓶子，下車取天然的泉水飲用，可見其純淨之一斑了。

紐西蘭有著相當高的生活水準，所以物價都頗高。普通的一球冰淇淋，在那兒竟然索價紐幣3.5元（折合新台幣近90元）。在台灣一瓶只賣10元的礦泉水，他們也要賣到台幣80元左右，即使他們的礦泉水取之是那麼的容易。其他的物品，其貴更不在話下。其物價之高，絕不遜於開發已有悠久歷史的歐洲各國，這實在是讓人始料未及的。

紐西蘭雖然有著那麼高的生活水準，但他們的社會福利亦做得相當完善。因為能夠充分照顧到那些弱勢族群，所以社會治安亦非常的良好，不偷不搶犯罪無。導遊說他們的新聞報導，仍是停留在溫馨滿人間的佳音報導，不是哪個牧場生了幾頭小羊，就是哪戶人家今天賣出了多少羊毛。不似我們臺灣這兒，一打開報紙不是報導為情殺人洩恨，就是為債攜子燒炭；打開電視新聞，不是大樓火災，就是死亡車禍。生活在如此天壤之別的生活環境裡，對人心善惡之教化，影響能不相距遙遠嗎？

從此次住宿的旅館大多是鄉野旅館，沒有高樓，更不必爬樓梯，因為房間就在一樓。房間前後皆是大大的玻璃落地門，打開落地門，外面就是綠草如茵的草地，可在上面打滾、觀星。長久生活在沒有鎖好鐵門鐵窗，就不能安眠的我們，對導遊一再提示我們可打開門窗通風的叮嚀，一直抱著懷疑的態度，但經過多天的觀察得證，導遊的話是有其可信度的。所以此趟紐西蘭之旅，身心是全然的放鬆，愉快之情，不言而喻。

以善良天性而說，紐西蘭人可說是數一數二的，因為紐西蘭人具有樸實、與世無爭熱情、親切的性情。每一遊客來到紐西蘭旅遊後，都會對紐西蘭人的親切、友善和好客留下深刻的印象。第二天，我們來到一座小小動物園參觀，那時正值下雨，大家撐著傘在雨中遊園一回後，紛紛收傘走進了一間賣工藝品、紀念品的商店。傘上的雨水，瞬間滴落在商店的地板上，此時我看見商店女主人，匆匆忙忙的趕緊拿出黃色的「小心地滑」的警告牌子，放置在門口出入處，臉上掛著不是「你弄溼了我的地板」，而是「小心！不要滑倒」的抱歉。我打從心底的讚佩他的器度，換作我們這兒，沒有被轟出門，那就要唸阿彌陀佛了。

紐西蘭的旅館雖然不算豪華，但乾淨是其共同的特色，間間清爽潔淨，讓人有賓至如歸之感。尤其他們對待旅客的態度，全然是以「誠實」為上，在房間內用了什麼需付費的物品，完全尊重旅客，請自行至櫃台付費。每天退房離開旅館，更不會有類似在中國大陸旅遊，發生上車追討費用的窘況。來到紐西蘭旅遊，他們把你當遠來的貴賓；到大陸旅遊，他們把你當牽羊的小偷。兩者截然不同的對待，難怪我要為紐西蘭這塊旅遊樂土加分了。

一趟紐西蘭之旅，不但是一趟身心舒暢的享受，更是一場心靈的饗宴。2008年的我才知道，在北半球有個世外桃源，我的家鄉我的愛——金門；在南半球有塊人間淨土，我的夢想我的戀——紐西蘭。

美妙仙境
——瑞士

登山、親海；觀山、賞景，過去一直是出國旅遊關注的目標，但隨著焦點的重重疊疊，竟也漸漸疲乏了，看山不再只是山，看海亦不只成海。觀風俗、體人情，倒成了出遊的重心。

多年前的一趟法瑞義之遊，車過瑞士境內，映入眼簾，好似童話故事書裡糖果屋的森林之景，讓我有了再遊瑞士的遐想。今夏計劃已久的北歐之旅，在冰島火山爆發，攪亂了空中的交通秩序之後，反而讓我的瑞士之旅得以一償宿願。人生常在失意的街頭轉角發現驚奇。

美如仙境的瑞士，即使是酷熱的暑夏，高聳的崇山峻嶺，山頭仍是白雪皚皚，彷彿蒼了頭的老翁，為剛烈火爆的盛年溽暑，注入了些沈靜的深秋清涼。近藍如白的冰河順著山坡一路迤邐而下，氣勢壯觀，有著莫之能禦的磅礴架勢。最讓人難以忘懷，心頭不覺要為之怦然心動的，莫過於那綠草如茵的山坡上，一幢一幢的小木屋，錯落有序的鋪排在那一大片綠色的地毯上，猶如人間的仙境。

高峰連綿不斷，登山的小火車，像力可拔山河的壯牛，滿載著遊客，一路搖撼直趨山頂。馬特洪峰、白朗峰、少女峰、……，每年為瑞士吸引了如潮般的遊客。馬特洪峰像一匹桀驁不馴的野馬，傲然挺立在眼前，挺直陡峻的山勢，成為登山者毅力挑戰的考驗，是他們心中的崇拜偶像。歐洲最高峰——白朗峰，白色的山頭，在雲端若隱若現，像極了輕罩面紗的少女，怯羞羞的讓人難以親睹其芳容，團友多人深以未睹其高為憾，我倒覺得坦然自若。人生如棋局局新，面對始料未及的結局，一切的情緒發洩都無法改變事實於萬一之時，「隨遇而安」不就是最睿智的抉擇？

山高水清，所見之處乾淨整齊，公園裡隨處可見的狗屎處理袋，讓遛狗的主人得以和心愛的寵物，怡然自得的享受放鬆時光。即使是施工的馬路，也是井然有序，沒有雜亂的工具堆陳，也不見一土一泥堆疊，更沒有滿天泥塵飛揚的景象。馬路上，人人遵守交通秩序，雖然車稀人少，但駕駛者遠遠見到行人要過馬路，必將車停在距斑馬線五尺之遠的地方等候，並且揮手示意行人優先通過，此時你若不先行通過還不行呢！

房屋大多是斜頂的木造房子，可能是因其森林資源豐沛，就地取材建築便利。各家各戶的陽台、窗櫺種滿各式的時節鮮花，處處皆是可攝影入鏡的美景。放眼望去，盡是天成的大自然傑作，讓人置身其中，忘了塵憂，忘了煩惱，一切是那麼的祥和與靜謐，都在自然的呼吸脈動裡流轉。

不唯美景賞不盡，瑞士人的和善可親，也讓人深感窩心。坐上馬車，馬蹄聲答答響徹小鎮，沿途鎮民放下手邊工作，探頭觀看，觀光客也駐足停歇，大家笑容可掬的向我們猛揮手示意，甜滋滋的幸福在我們的心中盪漾著，讓我們備感榮寵，恍若是出外征戰凱旋歸來的英雄。

瑞士是個自來水可生飲的國家，街頭到處設置了可飲用兼洗手的流泉，為外出的遊客解決了飲水與淨手的困擾。一次等候團友集合之時，身旁清涼的流泉，誘使我趨身淨手，掬一把清涼之水後，正頑皮的奮身甩手之際，街道那頭迎面走來一個身著淺綠色套裝的婦人，匆忙的腳步就停駐在流泉前，向著我遞過她的手提包，一時會不過意的我，倉皇的以為她也要洗手，要我幫她暫提皮包，正準備伸手去遞接之時，湊眼仔細一瞧，皮包前一包已抽出一張面紙的隨身包，我一臉驚恐錯愕，用溼手連忙抽出一張面紙，並連聲道謝，我的道謝聲還未落，她的背影已消失在街頭的彼端，連她的面容都沒來得及看清楚。

一個消失在街頭的身影，讓我對恍如人間仙境的瑞士留下了永遠的感動。

風吹草低見牛羊

學期中，一位女同事的婚宴，讓我與一位已調離多年的同事，有了重逢相聚的機會。兩人同屬內斂沈靜的個性，沒有應酬的客套對白，吐的全是真言實句。如此朋友相處輕鬆自在，不需太多的言語，只要一個眼神，一個手勢，就能心有所知。即使天涯海角，時空的錯置隔離，平時不聯絡，也無減於交情於萬一。就像我的另一位高中同學一般，一整年未聯絡，但每次赴台，台北屬無殼蝸牛的我，即使兄姐有屋可下塌，但拎了行李，搭上板南線的捷運，不作第二處想，就是找同學去。那條情牽的線，是歲月風雨無法摧朽的。

婚宴相聚之後，離別前，我丟下一句：「暑假出遊，莫忘了邀我。」這一別，又是數月，忙碌中，隱約知道要去內蒙了，時間大約在七月底。多年來出外旅遊的經驗累積，上網找旅行社、細讀咀嚼行程、搔首掐算團費、……等，總要耗費不少的時間與精力，處心積慮籌謀的卻是一趟品質未知的旅程，可惱的是，結局大多是「人算不如天算」。與其如此傷神耗力，不如聽順上天的安排，畢竟完成的只不過是一個「走出去」的心願罷了。內蒙之旅就在這樣的心境下繳證件、繳團費，一顆心也跟著走進了要去大草原上奔放的意境。

七月廿九日，近廿人的旅行團出發了，除了行李外，男團員人手一拍——網球拍，後知後覺的我，才知他們攜家帶眷要赴內蒙作網球交流活動，而我完全是插花助陣而來的。水頭送行，幾位高官顯要也來了，井底之蛙的我，只認得曾來學校參加過活動，那位講話用雙手捧麥克風的某鎮長，其餘的一概不知，一時之間，不覺為自己的唐突感到一陣臉紅羞赧。

內蒙，在地理課本上應屬於中國大陸北方邊陲之地，歷史上逐水草而居遊牧民族的疆土，「貧窮落後」應是過去大多數人為它貼上的標籤吧！但近年來，在其地底下發現了蘊藏豐富的煤礦之後，人們一夕之間「鹹魚翻身」，成為日進百萬的暴發富，多有人在。為了提昇高品質的生活夢想，消耗日益膨增的財富，他們另尋土地，新蓋城市「康巴什新區」於焉誕生。其人民財富暴增的景象，可以媲美中樂透一點也不為過。

大城市內，高樓林立，馬路上車水馬龍，名貴車到處奔馳，讓人恍若置身於台北街頭，忘了它曾是泱泱大中國沃土旁的一塊雞肋，食之無味、棄之又可惜。城市內如此，城郊外，發展旅遊觀光業，每年吸引無數生活在水泥叢林的都會市民，千里迢迢搭機、坐車來到此地，體驗草原上狂嘯追逐的塞外生活。

大家跨上馬背，從雙手緊抓韁繩，戰戰兢兢的害怕從馬背上跌落下來，到最後領悟到騎馬訣竅，捨不得下馬來的意猶未盡。人在馬上，昂首迎風，耳畔是呼呼作響的風聲，眼前望不斷的是草原的無邊盡頭，方知天之寬、地之闊，一人馳騁天地之浩瀚的奢侈，讓人不由得要感動得淚垂雙行。

騎上沙漠之舟駱駝，雙手抓緊握把，在搖搖擺擺中，穿越黃沙遍野的荒煙大漠，歷史上那千年傳唱不輟的絲路之旅，恍若重現眼前。坐上沙漠沖浪車，隨著沙丘的高低起伏，尖叫聲亦如樂譜上的音符高低迴盪，其聲之高亢刺耳不下於雲霄飛車的奪人魂魄。坐上滑板，兩手支撐其後，從沙丘高處，衝滑至谷底，一路塵沙飛揚，沙子發出飛機轟鳴般的嗡嗡聲，「響沙灣」的沙會唱歌，是大家口耳相傳的故事。

夜宿蒙古包，那圓頂似天，羅列成排在大草原上的「穹廬」，內部陳設雖極簡陋，但成列整齊的白牆圓屋，白天，在藍天白雲的映照下，分外純潔祥和，美如希臘仙境。夜晚，仰望蒼穹，星大如斗，閃爍如鑽，耳畔蟲鳴唧唧，夏夜露宿屋頂的童年回憶，一一湧上腦門，恍如穿越時光的迴廊，來到兒時的舊夢中。晨幕未開，蒙古包外露重陰冷，大家不約而同齊聚草原高處，靜待日出奇景，有人披上浴巾，有的甚至裹緊棉被而來，大家在呼寒喝冷中，迎接草原日出的第一線晨曦曙光。日出的美景雖同，但其等待的過程卻讓人永生難忘。

《敕勒歌》：「敕勒川，陰山下。天似穹廬，籠罩四野，天蒼蒼，野茫茫，風吹草低見牛羊。」勾勒出蒙古塞外那四野蒼茫，牛羊怡然自樂在草原上吃草的景象。多少夢夜醒午，憧憬著即將奔赴的大草原風光。

如今所見，城郊外一大片蒼土，因草原沙漠化已幾近光禿的情景，不見草長及腰的牧草，更見不著牛馬低頭吃草的景象，有的是一望無邊無際的蒼茫天地。讓人不由得要感嘆「滄海桑田」，造物者力量之大。內蒙過去是「貧窮落後」的妾婦身份，如今幡然翻身，起而代之的是「富造新城」的寵妃要角。風水輪流轉，十年河東，十年河西，時空景物的變換，是在悄然之間更迭的，當人們驀然回首發現之際，它已如滔滔東逝水，一去不回，即使是英雄也只有徒發「無力可回天」的頹喪之聲了。

釀文學07　PG0522

半閒歲月半閒情

作　　者　薛素瓊
攝　　影　薛素瓊
責任編輯　蔡曉雯
圖文排版　賴英珍
封面設計　蕭玉蘋

出版策劃　釀出版
製作發行　秀威資訊科技股份有限公司
114 台北市內湖區瑞光路76巷65號1樓
電話：+886-2-2796-3638　傳真：+886-2-2796-1377
服務信箱：service@showwe.com.tw
http://www.showwe.com.tw
郵政劃撥　19563868　戶名：秀威資訊科技股份有限公司
展售門市　國家書店【松江門市】
104 台北市中山區松江路209號1樓
電話：+886-2-2518-0207　傳真：+886-2-2518-0778
網路訂購　秀威網路書店：http://www.bodbooks.com.tw
國家網路書店：http://www.govbooks.com.tw
法律顧問　毛國樑　律師
總 經 銷　聯合發行股份有限公司
231新北市新店區寶橋路235巷6弄6號4F
電話：+886-2-2917-8022　傳真：+886-2-2915-6275

出版日期　2011年04月　BOD一版
定　　價　330元

Printed in Taiwan

國家圖書館出版品預行編目

半閒歲月半閒情 / 薛素瓊著. -- 一版. -- 臺北市：
釀出版, 2011.04
面； 公分. --（釀文學 ; PG0522）
ISBN 978-986-86982-8-4（平裝）

855 100002453

讀者回函卡

感謝您購買本書，為提升服務品質，請填妥以下資料，將讀者回函卡直接寄回或傳真本公司，收到您的寶貴意見後，我們會收藏記錄及檢討，謝謝！

如您需要了解本公司最新出版書目、購書優惠或企劃活動，歡迎您上網查詢或下載相關資料：http:// www.showwe.com.tw

您購買的書名：______________________________

出生日期：________年________月________日

學歷：□高中（含）以下　□大專　□研究所（含）以上

職業：□製造業　□金融業　□資訊業　□軍警　□傳播業　□自由業

□服務業　□公務員　□教職　□學生　□家管　□其它____

購書地點：□網路書店　□實體書店　□書展　□郵購　□贈閱　□其他

您從何得知本書的消息？

□網路書店　□實體書店　□網路搜尋　□電子報　□書訊　□雜誌

□傳播媒體　□親友推薦　□網站推薦　□部落格　□其他________

您對本書的評價：（請填代號　1.非常滿意　2.滿意　3.尚可　4.再改進）

封面設計____　版面編排____　內容____　文／譯筆____　價格____

讀完書後您覺得：

□很有收穫　□有收穫　□收穫不多　□沒收穫

對我們的建議：______________________________

____

____

____

請貼
郵票

11466
台北市内湖區瑞光路 76 巷 65 號 1 樓

秀威資訊科技股份有限公司 收

BOD 數位出版事業部

....

（請沿線對折寄回，謝謝！）

姓　　名：____________　年齡：________　性別：□女　□男

郵遞區號：□□□□□

地　　址：________________________________

聯絡電話：(日) ______________ (夜) ______________

E-mail：________________________________